Fritz J. Raddatz

GESTÖRTE BALANCE

Roman

Rowohlt

1. Auflage September 1996

Umschlaggestaltung Klaus Detjen
(Marc Chagall «Hommage à Apollinaire», 1911;
Eindhoven, Van-Abbe-Museum.)
Joachim Blauel – Artothek
Satz aus der Galliard (Linotronic 500)
Gesamtherstellung Clausen & Bosse, Leck
Printed in Germany
ISBN 3 498 05741 3

Gestörte Balance

MYRIAMS TAGEBUCH

1. 1.

Das Jahresende schwang nicht aus, ging vielmehr unter in einer verkicherten Feierei, wobei vielleicht dieses Frühlingswetter der Toskana einem die Seele falsch färbt. Silvester mit Sonne, Pinien und Palmen stimmt nicht. Dabei war ich es ja, die das gewollt hatte – das schöne Haus unseres toten Freundes wiedersehen: sein Lebenstraum, den er sich erfüllt hatte, als die AIDS-Schatten immer länger wurden; bis sie ihn einholten. Ich wollte auch, daß wir zu diesem ersten Jahrestag bei seinem Freund sind, der das Haus wie eine große Porträtplastik aus Stein und Holz zum Andenken an Werner hält. Dennoch bin ich wie von einem Messer geritzt, nervös, traumgeplagt – so sehr mit mir uneins, daß ich nach jahrelanger Unterbrechung mein Tagebuch wieder aufnehme. Ich brauche mich als Gesprächspartner. Am dämlichsten war wohl die Idee, Olivers deutsche Kusine für diese Woche dazuzubitten (damit wir zwei «Pärchen» sind?). Eine unerträgliche Schnattergans, Mischung aus kindisch und störrisch, aus deren Spatzengehirn ein unentwegter Kauderwelsch-Strom rinnt: «Wo ist mein gelbes T-Shirt?» – «Wie geht die Kaffeemaschine auf?» – «Ich habe Schorf am Kopf» – «Dieser Joghurt schmeckt mir nicht» – «Was heißt Kalium auf italienisch?» – «Das Geländer hat auf meinem Badeanzug Flecken gemacht!». Ein Chaos-Genie, ein vergreistes Kind, das sich im Wohnzimmer nackt auf die Couch legt: «Ich bin jetzt müde.»

Rührend und ein bißchen befremdend, daß Oliver das erträgt, wie er dennoch liebevoll den Tisch deckt oder Obstsalat mit extra viel Kiwis macht, während ich meinen Band Tolstoi-Tagebücher wie eine Monstranz zur Abwehr der üppigen «Ich weiß nicht, wohin ich meinen Führerschein gelegt habe»-Teufelin vor mich hinhalte. Was wenig hilft – selbst die scheinbar bittere Bilanz des proletarischen Grafen kurz vor seinem Tod, «Wie seltsam, ich liebe mich und keiner liebt mich», wirkt auf mich eher kokett als ehrlich, und Eintragungen wie «Heute gut gedacht» oder «Heute seelisch gut gewesen» schmecken wie süße Watte.

OLIVERS TAGEBUCH

1. 1.

Im falschen Film (hoffentlich nicht im falschen Jahr?), erträglich nur durch die Besetzung der Hauptrolle – meine witzige, immer noch gutaussehende und leicht mannstolle Kusine.

Das Haus grimassiert. Es hat was – fast hätte ich geschrieben – «Unnatürliches», jedenfalls Groteskes, wenn von zwei schwulen Liebhabern der kultiviert-überlegene stirbt und sein «Bübchen», nun Erbe, gleichsam im zu großen Anzug herumlümmelt. Schon am Begrüßungsabend fläzte er sich, Beine auf dem Tisch, im Sofa und gab zu verstehen, «Hier bin ich jetzt der Herr». Auf meine Bemerkung darüber reagierte Myriam wohl richtig, mit einem mir aber dennoch fremden Argument; ich würde das schließlich bei jedem Paar akzeptieren, wieso eigentlich nicht bei Schwulen. Stimmt – eine Witwe «darf» sich in ihrem Haus bewegen. Hier geht mir was gegen den Strich. Der schöne italienische Marmoreßtisch, die zwei mächtigen Leuchter aus Palermo, der (falsche) Kouros neben dem Kamin, die alten Balken – irgendwie kommt unser Hausherr mir wie ein Okkupant vor. Es schickt sich nicht. Fügt sich nicht. Mochte auch die klebrige Beicht-Geschichte nicht, die er uns bei sinkender Sonne und steigendem Barolo erzählte, daß Werner noch vor einem Jahr sich Hals über Kopf in einen 22jährigen Kaufhausjüngling verliebt habe; die Story einer Betrügerei bliebe alltäglich – aber der Ton der «verlassenen Frau» ist mir eklig. Wie bei «richtigen»

Paaren geht der Mann mit einer Jüngeren fremd, die natürlich «die Trulla», «die Schlampe», «seine Kleine» ist – so empfand sich hier ein Mann bis in den Sprachgestus hinein als Frau. Es sei ja nur «um das junge Fleisch gegangen», «ich kann ja nichts dafür, daß ich nicht mehr 22 bin», und «das Jüngelchen» hätte den Leberkranken nicht pflegen, sondern ihm nur «ins Portemonnaie» fassen können. Und Werner habe soviel rumliegen lassen – offenbar Steuergeschichten oder so was –, «wenn das Bübchen das gefunden hätte»; aber er habe das ja schon zweimal mitgemacht, einmal sei es ein halbes Jahr gegangen, und «ihn sich jedesmal zurückgeholt und verziehen». Weiß nicht genau, warum ich derlei schwer ertrage.

Ob mir solche Tiraden auch das Buch vergällen, das mir Myriam so liebevoll-begeistert empfahl? Ich fand diesen Ungarn Péter Nádas mehr ein Stagione-Kunststück; ohne erzählerischen Atem und voller falscher Bilder, und ich freute mich, als sie zugab, «Du hast recht – malvenfarbig geht sowenig wie opalfarben, weil es Malven und Opale in vielerlei Farben gibt».

Wie ein Ertrinkender zu Myriam geschwommen, die nach nun acht Jahren noch immer mein Begehren kopfwirbelnd zündet. Sie hat diese durchsichtige Haut, «in» der man die Adern küssen kann, und wenn meine Zunge ihre Schenkel innen netzt, ist meine Gier, nicht nur in ihr zu sein, sondern sie zu sein, ganz eines, ihren Körper zu füllen, daß es nur noch einen aus uns beiden gibt, schädelsprengend. Ich liebe sie wie mich. Ertappe mich, wie ich hinterher meine Brusthaare streichele, mit den Fingern ihrer Nässe.

MYRIAMS TAGEBUCH

2. 1.

Daß Oliver die Nacht zu mir kam, blieb seltsam milchigfern. Er war so sehnsüchtig – schmerzlich, seine Zärtlichkeit eine Art Hilferuf. Aber sein Körper fremd, ein anderes, weit weg, obwohl in mir. Berührung ist nur eine Randerscheinung. Meine Phantasie griff nicht nach ihm. Vielmehr tobte Schrecken in mir, während er mich umarmte: als er meine Lider küßte, überschwemmte mich der Angsttraum, blind zu werden. Ist das noch der Schock der Augenhintergrundspiegelung, der ich mich im Dezember unterzog? In mir schwemmte ein Satz hoch, den ich kürzlich las: «Sie haben Retinitis pigmentosa», hatte da ein Augenarzt gesagt, «das ist ein degeneratives Netzhautleiden, wodurch Sie nach und nach erblinden werden.»

Der Horrorfilm «nie mehr blühende Bäume, nie mehr eine Skulptur, nie mehr einen Körper sehen» raste bei der so fernen Nähe seines Körpers durch mein Hirn, riß auf in ein Bacon-Bild und in die jähe Erinnerung an seinen Satz (den ich in einem Nachruf las), «Man wird geboren und man stirbt. Das ists». In diese Fetzen hinein ergoß sich Oliver, und dabei durchschoß mich die Erinnerung daran, wie ich vor Jahr und Tag in Paris den genialen – und berühmten und reichen – Maler schon morgens sturzbetrunken das Café «Aux deux Magots» verlassen sah, schwankend, abgerissen alt, müde, unerkannt, ein im Irgendwo verschwindender Schatten. Ich blieb als Pfütze.

So konnte ich das mit großem Aufwand arrangierte Abendessen heute nicht genießen. Fühle mich grau und müde und alt und kann den bis lange nach Mitternacht währenden Lemurentanz nicht mehr fixieren.

OLIVERS TAGEBUCH

3. 1.

Muß man dem «neuen Hausherrn» immerhin lassen: Er hat wirklich Oberkellnerqualitäten. Jedenfalls war der gestrige Abend mit komischen Gästen und köstlichem Essen eine gelungene Inszenierung. Begann mit beißenden Komplimenten eines italienischen Lithokünstlers über die «etwas farbigen Teppiche», den «leicht bitteren Wein» und amüsantem Streit zwischen ihm und einem Kunstkritiker aus Mexiko über die gefälschten Lithos von Dalí, Chagall und de Chirico («Na hören Sie mal, ich stand doch daneben, als die leere Bögen signierten.») Am komischsten Myriams Freundin Dagmar, eine etwa vierzigjährige Tessinerin aus sehr reichem Hause, die ohne Zurückhaltung von ihrer Affäre mit einem Zirkusdompteur erzählte («Haben Sie schon mal nach dem ersten Koitus einem Tiger ins Auge gesehen?») und daß der gelegentlich bei Kreuzfahrten Zauberkunststücke vorführte und daß sie als seine Hilfszauberin 1-Dollar-Trinkgelder bekommen habe von den neunzigjährigen Millionären, die ihr verziehen, als sie herausfanden, daß hinter ihr ein großes Vermögen steht: «Sie reisen ja wohl inkognito.»

Dieses gemütliche Steinhaus in Volterra wirkt auf mich wie eine Bühne, auf der Myriam, schön und schmal und schweigend, sich abhebt, eine abweisende Blume im Tonkrug. Ich liebe sie, wie sie die Skurrilitäten meiner aufgedrehten Kusine mit ihren großen Augen durchschneidet. Ich liebe ihre Hingabe, die Zartheit ihres Körpers.

MYRIAMS TAGEBUCH

4. 1.

Doch noch ein Nachtrag zu diesem vertändelten Abend vorgestern, bei dem mich wieder Olivers Weichlichkeit irritierte. Er löst sich in solchen Fasel-Gesellschaften auf wie ein Stück Zucker im Tee. In gewisser Weise scheut er selbst bei so minderen Anlässen Verantwortung; wie ja stets: als mir vor zwei Monaten am Münchner Hauptbahnhof ein Taxi die Autotür einbeulte, stieg er aus – «Ich hol dann rasch ein paar Zeitungen» – und war weg, statt mir bei dem üblichen Gezänk, Nummern notieren und all dem Kram zu helfen; dabei hätte er, schließlich sind wir nicht verheiratet, sich als Zeuge melden können. Wenn wie kürzlich an einem Sonntagvormittag die Klinke zur Badezimmertür abbricht, muß *ich* einen Notdienst anrufen, und er bleibt im Bett. So «macht er die Flunder», wie meine Freundin Dagmar das nennt, vor dieser gräßlichen Kusine, applaudiert mit gefälligem Lachen ihren grellen Selbstinszenierungen.

Sie lebt, von irgendeinem Fabrikanten geschieden, seit langem in Italien, in einem offenbar verkommenen Haus bei Lucca, voller Hunde, Katzen, Ziegen, zwei Schildkröten und einem Affen. Lustig ist allenfalls ihr stehengebliebenes Deutsch, sie sagt «Herzeleid» oder «er besaß eine Schrägband- und Hosenbundfabrik».

Eine schrille Mischung aus Kindfrau (von 60 Jahren!), Landstreicherin, Hure und Copain mit zu großen Ohrringen, zu knalligen Gürtelschnallen und zu kurzen Röcken. Sie verläßt sich auf ihren Gurr-Effekt, dem sogar ein Mann bei der AVIS-Autovermietung erliegt – strahlend erzählt sie, wie der spät abends am Telefon sagte, «Warum kommen Sie nicht jetzt gleich mal vorbei, ich bin alleine im Büro».

Wie Oliver über diese einfältige Einteilung der Welt in Mann und Frau lachen kann, ist mir unerfindlich, rückt ihn fort von mir. Für diese gern reisende Pailletten-Dame besteht der Mann aus einem ewig erigierten, stets begehrlichen Penis, an dem ärgerlicherweise die Brieftasche nicht *direkt* hängt; folglich wird jeder kleine Polizist, jeder Kellner, jeder junge Soldat hüftschwingend und augenblinzelnd taxiert; und ebenso folglich wird der Mann als «bestimmend» akzeptiert: «Was willst du, daß wir jetzt machen?», «Wo willst du sitzen?», «Willst du Wein trinken?» Diese gräßliche Mischung aus Willenlosigkeit und Instinkt hat offenbar Wirkung auf Männer; eine leere Vase, die rot wird, wenn man rotes Wasser hineingießt, und grün, wenn es grünes ist. Der Lebensrhythmus einer Qualle, die träge und ziellos dahinschwappt, wo die Welle namens Leben sie hinspült – mal vier Jahre in eine reiche Liaison in Marokko, mal kümmerlich in die rue de l'Echaudée in Paris, mal englisch, mal italienisch, mal französisch ihre Maximen plappernd, «weiche Brötchen esse ich nicht gerne», «Salat mache ich nie in Tonschüsseln an» oder «heute wasche ich mir das Haar». Diese Kreuzung aus Raubtier und Totalweib beherrschte mit ihren Anekdoten und Geschichtchen den Abend – mit dem Jeep ohne Zulassung durch Yucatan, mit den Strümpfen voller Coca-Blätter zum Machu-Picchu, mit dem Händler gefälschter präkolumbianischer Skulpturen im Londoner Ritz, «und was glitzert, das muß ich haben – ob bei Cartier oder beim Straßenjungen in Fez». Eine weiße Negerin. Was für eine gerade, auf angenehme Weise knochige Person ist dagegen die Mutter unseres Gastgebers, die den letzten Tag zu Besuch kam. Übermorgen Abreise.

OLIVERS TAGEBUCH

5. 1.

Cafard. Weiß den Grund nicht. Verkrieche mich vor dem Südgelächel, dieser ewigen Tier-Sonne, liege mit Kopfweh und Magenschmerzen hinter geschlossenen Vorhängen, kann mich selber nicht fühlen, falle in ein schwarzes Loch. Der letzte Tag – morgen reisen wir ab – zerstört durch den Besuch der allzu rüstigen Mutter unseres Freundes, die das Haus wie eine Festung stürmte, «Ach, Burkhardt, was bist du doch reich geworden, ach, ne Dusche hast du auch, ich liebe Duschen, und wo schlafe ich, schönes Bild da, ist das Wunderlich (es ist ein Foto), und das Foto von dir, aber du siehst ja ganz blond darauf aus (es ist ein Foto des toten Freundes), ja, ein Glas Sekt nehme ich noch, aber dann Schluß, na, noch ein letztes. Aber jetzt habe ich Hunger.»

Wir aßen draußen, die Pinien nähten langsam den Himmel zu, aber dieser mümmelnde Mund war nicht zu stopfen. Unter dem Ruf «ich esse abends so gut wie gar nichts» verschwinden Artischocken und Oliven und Zucchini und Salami, der Wein ist alle, «Ist das deine letzte Flasche Rotwein? Rotwein hat mir der Arzt empfohlen, darf ich mir noch diese (vierte!) Scheibe, wie heißt das?, Bressaola nehmen», und während Burkhardt eine neue Flasche Wein holt, geht sie ans Telefon, ihre Tochter in Hannover anrufen, man hört sie sagen, «Ja, wir fangen gerade an zu essen», zurückgekehrt, lobt sie den Gorgonzola, den Ziegenkäse, «herrlich, diese Butter, wenn das dein Vater noch wüßte, hast du noch etwas Brot», und quittiert sich zufrieden, «manchmal könnte ich lachen, wenn ich daran denke, daß ich gleich 75 bin». Ein Weib, wie abmontiert von der Porta Westfalica.

Doch dieser Tigertank, eine teutonische Gegen-Juno zu meiner mittelmeerischen, leichtfüßigen Kusine, kann ja alleine nicht der Grund sein, daß ich so verzagt bin. Vielleicht ist es nur die Furcht vor der ungeliebten Routine im Archiv, zumal vor dieser auf Perfektion getrimmten Erfassungsarbeit der nächsten Monate, mit der wir Bibliothek und Archiv umstellen müssen von Hand auf elektronische Benutzung. Bleibt meine Freude auf die Abende bei Myriam, die Nächte mit ihr.

MYRIAMS TAGEBUCH

6. 1.

Wie dumm-richtig man reagieren kann. Den ersten Abend zu Hause krochen wir zueinander, Oliver ging gar nicht in seine Wohnung, ich machte – als wollte ich toskanische Düfte fortwedeln – ein extra-deutsches Essen mit Kaßler, Sauerkraut, Bier und Korn. Hörten ein Weihnachsgeschenk, Franz Schuberts Streichquartette, gespielt vom Melos-Quartett, und für mich war es hinterher am schönsten: als dieser zottelige Bär neben mir lag, ich die feucht verkräuselten Haare streichelte, Hüften und Rücken mit den Fingerkuppen entlangfuhr. Dieser 35jährige hat noch immer etwas Knabenhaftes, beim Lieben in seiner Wildheit Schüchternes, Fragendes, als müsse es etwas hinter der Liebe geben. Er ist mir näher, wenn er fern ist, schläft. Ich spüre ihn tiefer, wenn er neben mir liegt, nicht auf mir.

OLIVERS TAGEBUCH

6. 1.

Erfüllte Nacht mit Myriam. Erschöpft. Schöpfe sie aber nie aus.

Fand in einem dieser zum neuen Jahr geschenkten Kalender einen Satz von La Rochefoucauld: «Ältere Männer, die nicht lächerlich erscheinen wollen, sollten nicht von der Liebe reden als einer Sache, an der sie noch Anteil nehmen könnten.»

Ab wann ist man ein «älterer Männer»?

MYRIAMS TAGEBUCH

12. 1.

Ich sitze in einem dieser drittklassigen Konferenzhotels in Erlangen mit Schuhputzmaschine neben dem Lift, Pfefferminzbonbon auf dem Kopfkissen und Plastikbechern mit himbeerparfümiertem Joghurt auf dem Müsli-Haferflocken-Dörrpflaumen-Frühstücksbüffet. «Gerne stellen wir Ihnen ein Föhn gegen Fand zur Verfügung» klebt im Bad und an der Zimmertür «Von 6.30 bis 10.00 Uhr bieten wir Ihnen reichhaltiges Bufet in unserem Frühstücksraum, das sich im Untergeschoß befindet».

Da kommt mir wieder mal meine verquere Lebenssituation hoch (wobei ich nicht mal die Freischaffende und ihre ewige Jagd nach dem Scheck meine) – «bloß eine Frau», die Kostüme entwirft, für die Requisite, das politisch-historische und kunstgeschichtlich-richtige Detail in Filmen und Fernsehspielen verantwortlich ist, nehmen mich die Herren Autoren, Regisseure, Dramaturgen «außerhalb meines Schubfachs» nicht ernst. Man hilft mir aus dem Mantel, aber man will nicht hören, was ich denke. Man sagt schon mal, «Dies Türkis steht Ihrem Rötlich-Blond besonders gut», aber in ihren Gesprächen wassern sie über mich hinweg. Sie sind dankbar, wenn ich darauf hinweise, daß das Ostberliner «Ganymed» 1989 geschlossen war, man da also keine Szene aus der Wendezeit hinverlegen kann, oder daß das berühmte «Plaste und Elaste» nicht aus Skopau, sondern aus Schkopau kam, eine Packung Speisestärke «Weizenin» hieß und der Rotkäppchen-Sekt ein Etikett «Grand Mousseux-Rosé halbsüß» hatte. Aber eine Meinung möchte ich bitte nicht haben.

Am Abend in der Bar vermurrte ich ganz und gar, während dieser selbstgefällige holländische Romancier seine netten, flachen, routinierten Szenen vortrug, alles ohne Fehl und Tadel, ordentlich gebaute Sätze, die auf der Flamme einer kleinen Phantasie schmoren. Das bleibt intellektuell auf dieser Goethe-ist-einmalig-, Mozart-ist-frühvollendet-, Michelangelo-ist-ein-Genie-Ebene. Schon der Malewitsch-Satz, daß Michelangelos David mehr die Schönheit des männlichen Körpers vorführe als die des Kunstwerks, wäre da Sakrileg; ich zitierte ihn aus Bosheit. Diese Leute befriedigen Erwartungshaltungen. Auch politisch.

So ein Schweizer Journalist, an der berühmten Goldküste des Zürichsees wohnend, pensionsberechtigter Professor auch noch, der vor der «Hetzjagd» der bösen Westdeutschen auf die verwirrten Ossis warnte, man müsse doch verstehen... Kopfnickende Zustimmung. Die wollen halt *ihren* Pakt mit einer Diktatur auch nie untersucht sehen. Die ewige Redefigur, «Ich kann für mich nicht garantieren, wie ich mich verhalten hätte», sagt genug. Es gab ja einige, die... Wohltuend ein nervöser junger Leipziger (hatte als Regieassistent bei der DEFA offenbar eine Art Arbeitsverbot), der sich über des bräsig-selbstzufriedenen Schweizers Gefasel von «Gnade und Grazie» empörte und dünngeschliffen von Stasi-Honoraren für bestimmte Lyriker, von Autos, Landhäusern und Honecker-Privatnummern in den Notizbüchern gewisser Autoren sprach.

Früh am nächsten Morgen weckte mich der Schweizer – immerhin höflich, dachte ich – per Telefon. Er stand aber an der Rezeption, wo eine Regelung der Übernachtungskosten nicht bekannt war, und wollte – wieso von mir? – wissen, «ob wir etwa unsere Zimmer selber bezahlen müssen». O du meine Schweiz.

Zu Hause angekommen – ein fast gewöhnlicher Strauß billig-teurer roter Rosen. Das ist doch keine Frage des Geldes. Im Gegenteil – er verdient weniger als ich, aber klumpt dann mit plumpen, «zu großen» Einkäufen herum. Oliver lernt nie Geschmack.

14. 1.

Ganz unangemessen: Werde von Frauen verfolgt. Ich! Unattraktiver kann ein Mann doch wohl nicht sein – mit Mitte 30 wahrlich nicht mehr «lecker». Halbglatze, etwas bullig trotz meiner schmalen Schultern. Der unansehnliche Durchschnittstyp. Aber beim Bademeister meiner wöchentlichen Sauna werden Briefe mir ganz unbekannter Frauen abgegeben, die schon nicht mehr eindeutig, sondern obszön sind. In der U-Bahn drückte mir eine gutaussehende Dunkelblonde, die ich fast allmorgendlich sehe, ein Wochenmagazin in die Hand; da hatte ein Wiener Theatermacher in einem Interview gesagt, seine Lieblingsvorstellung von Tod sei, in einer Frau zu sterben. Das war mit Farbstift angestrichen... Und gestern – Myriam ist zwei Tage zu einer Regiebesprechung – gerate ich im «Klopstock» in eine Geburtstagsfete, bei der ich eine Freundin aus der Studentenzeit wiedertreffe, die tatsächlich noch immer irritierend wie früher ist mit diesen nur nach oben gebogenen grün-gelb schillernden Katzenaugen und einem Gurren, das meine Magennerven trifft. Mir ist, als trinke sie mich aus, wenn sie ihr Glas leert. Habe ein schlechtes Gewissen, als hätte ich mit all diesen Frauen geschlafen, und stelle Myriam einen herrlichen Blumenstrauß hin.

Übrigens: «Klopstock» geht ja noch. Aber interessant ist schon, daß deutsche Kneipen meist «Bismarck», «Hindenburg» oder «Deutscher Adler» heißen, griechische hingegen «Dionysos» und «Sophokles» oder spanische «Cervantes». Etwas läppisch, wie ich mir immer da, wo es mir gerade paßt, einbilde, nicht Deutscher zu sein, an allen möglichen deutschen Unarten zu leiden.

16. 1.

Auf dem Flughafen beim Rückflug neben mir ein junger Mann, auf dessen harlekinbunter Jacke «Bomber Command Division» stand; in der Hand ein Buch von Canetti! Derweil füllen Cashmere-Mäntel Plastiktaschen mit vier Äpfeln, acht Schokoriegeln, drei Joghurts und vier Käsebrötchen. Abstoßende Komik. Schwer, Menschen nicht zu hassen.

Total vergessen, daß Oliver für gestern abend allerlei Freunde eingeladen hatte, deren oft hanebüchenen Unsinn anzuhören mir Kopfweh machte. Glücklicherweise hatte er als Überraschung meine Pariser Freunde (auf der Durchreise nach Dresden) «präsentiert», die wie immer zänkisch-absonderliche Geschichten zum besten gaben: Sie hat einen zahmen Vogel geerbt, den sie nicht zu füttern wußte, unerklärlicherweise «verunglückte» er auf dem Balkon, beide Beine gebrochen, die in einer Vogelklinik geschient werden mußten, damit dieses Chagall-Paar mit dem beingeschienten Vogel in einem Tragekäfig nach Mailand reisen konnte, wo die Hotelkatze ihn belauerte, während sie eine Donizetti-Oper – war es «Lucrezia Borgia»? – in der Scala hörten. Die luxuriöse Hysterie früher Tennessee-Williams-Filme. In der Zeitung gestern die Meldung, in bestimmten Gebieten der britischen Nordseeküste seien in den letzten drei Jahren mindestens 25 Kinder ohne Hände, ohne Finger oder ohne Unterarme geboren worden. Ging früh zu Bett. Zwei Thomapyrin.

16. 1.

Komischer, wenn auch etwas verlärmter und alkoholisierter Abend, zu dem ich für Myriam Freunde eingeladen hatte. Am meisten, so schien mir, hatte sie Spaß an den beiden «Parisern», die wir ja nun schon ziemlich lange kennen und die in ihrer Mischung aus Kunstneugier, Schnippischkeit (sie dreht allen Ernstes den Teller um, weil sie Myriams Angabe der Porzellanmarke nicht traut) und großstädtisch-schnellem Humor stets vergnüglich sind. Wobei ich mich kaum getraue, selbst hier auf dem verschwiegenen Papier zuzugeben, daß mir dieses Metropolen-Florett öfters auf die Nerven geht und in meinen Ohren eher ein Plapper-Blech ist; ein vermutlich nicht ausreichend ironisches «Ich kann gar nicht so schnell hören, wie ihr sprecht» erntet nur lange Augen, mitleidige Blicke verhehlen kaum das «armer Provinzler».

Zwischendurch wurde der Abend auch sehr ernst, wenn zum Beispiel die Frau eines Kollegen von mir, eine Schriftstellerin, die früher in der DDR gelebt hatte, aus ihrem Metier erzählte beziehungsweise sich ereiferte: Wie ein führender Politiker – einst Oberleutnant der deutschen Wehrmacht – bei irgendeiner Eröffnungsrede jene als vorbildhaft gelobt habe, die «sich von Anfang an auf die Seite der Gegner des barbarischen Nazisystems gestellt haben»; wie ein landauf landab (auch schon zu Zeiten der DDR dort) als geldgierig bekannter und enorme Honorare scheffelnder Wissenschaftler jetzt in seinen Memoiren von der

DDR schwärmt, in der ein menschliches Zusammenleben, von keiner Geldwirtschaft vergiftet, versucht worden sei. Die Frau gefiel mir in ihrer Rage. Auch, wie sie ohne Scheu den eigenen Sorgenhorizont aufriß – sie zitierte einen Satz von Wilhelm Raabe, «Ich bin mein ganzes Leben hindurch die heiße Hand an der Gurgel nicht losgeworden, ‹Was wird mit dir und den deinen›».

Geniere mich vor mir selber, wenn ich mir eingestehe: diese Rolle des weniger verdienenden Mannes, des Mannes, der oft nur ein Appendix seiner Frau ist, macht mir zu schaffen; wie oft ertappe ich mich bei einem «Ist sie verrückt?», wenn sie im Restaurant zu teuren Wein bestellt, neulich 70 Mark für eine Seezunge. Sogar diese Allüren, Geld stets lose in die Handtasche zu stopfen, macht mich nervös. Schon sonderbar, wie das Stimmengewirr solch eines Abends sich in die eigenen Ganglien zwackt.

Im Klatsch liegt ja oft viel Wahrheit, er ist die niedere Form der Geschichtsschreibung; so, wenn Myriams Journalistenfreund Ralf von dem schwerreichen Pressetycoon erzählt, dessen hoch abgefundene Ehefrau von ihm getrennt in einer Schweizer Fabelvilla lebt – der aber seine jahrzehntelange Lebensgefährtin ausziehen läßt, wenn Madame ihn besucht; dann wird die Ehemalige vom Chauffeur herumgefahren, der sonst die Jetzige kutschiert. Nach einer Darmoperation des alten Herrn drängte sie – «Ich habe ihm das Leben gerettet» – ans Krankenbett, was der Rekonvaleszent milde abwehrte, «Ich dachte, wir leben getrennt? Dann muß ich mich wohl scheiden lassen». Zugleich sei ihm zugetragen worden, daß diese seine

Noch-Frau das Schweizer Palais zum Verkauf ausbiete, über einen kleinen Tessiner Anwalt, der sonst die Verträge mit den Dienstmädchen aufsetzen muß. Sittenbilder aus dem Juste-Milieu. Schade, daß Myriam so früh zu Bett ging. Fuhr spät noch in meine Wohnung.

MYRIAMS TAGEBUCH

20. I.

Verstehe den eigenen Verdruß nicht. Habe ich doch Glück – mit Oliver und mit dem Beruf, zumal jetzt mit diesem neuen Vertrag über die Ausstattung des Films. Oder gibt es einen leichten Lügenschleier über der Oliver-Beziehung? Es ist wie Puder, nein: sogar Asche auf der Haut; etwas Stumpfes, das die indirekten Signale abdrängt, nur mehr Direktes durchdringen läßt. Wenn eine Gebärde nur noch bedeutet, was sie meint, nicht mehr diese undefinierbare zweite Dimension des Meinungslosen birgt – dann ist sie noch da, aber leer.

Bin mir manchmal nicht ganz klar über meine Gefühle. Liebe ich ihn noch? Wieso macht mich dies eilfertige Beifall-Lachen bei albernsten Anekdoten (wie neulich abend) so gereizt, wieso finde ich dieses Fingerknacken – das mir früher eine attraktive Marotte war – lästig? Traurig geniere ich mich über meine sexlose Zärtlichkeit, daß ich ihn nachts küsse, was er in seinem Murmeltierschlaf nicht merkt, daß ich aber schon lange nicht mehr die lockigen Härchen an seinem Hintern zwirble. Ich vermisse ihn, wenn er nachts bei sich zu Hause schläft, wie vorgestern, mir fehlt etwas, ich schlafe unruhig ohne ihn – doch ruhig mit ihm. Dabei genieße ich sein Ungestüm, seine ständigen Erektionen, sein Begehren; ohne diese Wärme möchte ich nicht leben. Ich werde von dieser Flamme umhüllt. Aber in mir prasselt sie nicht.

Finde mich ungerecht und auf mich konzentriert. Daß ich mir beim Aufreißen von Briefkuverts die Haut aufschneide, will ich als «symbolisch» sehen, und daß mir das Betupfen einer Wunde im Ohr lustvollen Schmerz bereitet, will ich für «symptomatisch» (wofür eigentlich?) halten. Statt in Selbstironie übe ich mich in Selbstmitleid, sogar bei nebensächlichen Anlässen: Irgendeine Gräfin lud gestern zu einem «Cocktail prolongé», und in der Tat war es ein prachtvolles Stadtpalais mit riesigen Räumen, Stukkaturen, Kandelabern auf frei schwingenden Treppen. Anfangs keine Ahnung, wieso ich da eingeladen war, bis mir bei meinem Gemaunze über das lauwarme Gulasch mit pappigem Reis auf Silbertellern – «Essen auf Rädern» gluckste der – ein Filmkritiker das Rätsel löste, indem er «dort Armani, da Missoni und da hinten Cerrutti» sagte: Es war ein Empfang für Modeleute, und man hatte mich dazugezählt. Statt zu lachen, war ich beleidigt und floh zu Krimi und Käsebrot nach Hause.

22. 1.

Orientierungslosigkeit. Beunruhigend. Myriam liegt mit Grippe, bringe ihr nur tagsüber Obst, Rum und Doregrippintabletten, schlafe hier. Das macht mir nichts, bin gerne allein.

Aber gestern abend doch ziemlich umgekippt. Mein Freund Stephan lud mich in ein neu entdecktes Lokal, das sich als scheußlich herausstellte, rosa Kerzen, aufgedudeltes Essen. Dafür schön leer. Er lebt in einer ungewöhnlichen Distanz zu sich selber, hat seinen Schauspielerberuf nie mit Ehrgeiz verfolgt, war nie karrieregeil, wohnt in einem Einzimmer-Appartement, während seine Frau ziemlich luxuriös in den von ihrem Antiquitätenhandel übriggebliebenen Kostbarkeiten haust. Sie leben sehr eng, reisen nur zusammen, er kümmert sich rührend um ihre zwei Kinder aus erster Ehe. Äußerlich ein «falsches» Paar – sie groß, etwas üppig, «schwellend» nennt man das wohl, eine elegante Endvierzigerin; er sehr zierlich, von knabenhaftem Charme, Glatze, jünger als sie – waren sie für mich immer das perfekte Paar. Dabei, ich kenne Stephan länger als Myriam, hatte unsere Freundschaft nie dieses Klebrige einer «Männerfreundschaft»: Wir haben nie über Frauengeschichten, nie über unsere Frauen gesprochen. Und jetzt erzählt er mir, er habe ein Tagebuch seiner Frau gefunden mit intimsten, ja: obszönsten Details, wie, wann, mit wem sie ihn betrügt. Als spräche er den Text einer Rolle, so pointiert «neben sich» liest er gleichsam vom Blatt ab die sexuellen Details, die seine Frau sorgsam notiert hat: der beschnittene Schwanz eines Türken, der ihr auf die Brüste spritzt; der Analverkehr mit einem Amerikaner; ein ungarischer Kellner, dem sie in die Brustwarzen beißen muß.

Mein Schock – auch über diese mir unangenehme Vertraulichkeit – spürte eine dünne Lüsternheit. Ob Frauen das auch haben? Diesen voyeuristischen Ekelmagnetismus, mit dem ein Mann auf Schlüpfriges reagiert, selbst wenn er weiß, daß es mies, dreckig, billig ist. Männer sind zerschnitten – ich wußte, daß dieses Fick-Tagebuch widerlich ist; aber es kribbelte dennoch. Tatsächlich sagte er, «Und weißt du, das Seltsame ist: Ich bin gar nicht eifersüchtig. Doch, ich bin eifersüchtig. Aber es erregt mich. Ich habe nie in meinem Leben Pornos gesehen, war nie in einer Peepshow – aber die Vorstellung, wie meine eigene Frau es diesem muskulösen Ungarn besorgt, geilt mich auf. Wir hatten danach die wildeste Nacht seit Jahren.»

War traurig. Kann man Bindung durch Verletzung halten? Und wieso schreibt sie so etwas Kloakiges auf? Oder ob es vielleicht gar nicht stimmt? Ob es nur aufs Papier geblubberte Träume sind wie die Pissoir-Kritzeleien von Riesenschwänzen, geilen Brüsten pubertäre Seifenblasen am urinstinkenden Beton? Ist so ein Tagebuch zwar wahr, aber ohne Wirklichkeit, eine Zähmung zum Notat? Wieso schreibe ich Tagebuch? Mit wem unterhalte ich mich hier? Mit einem Spiegel? Mit einem Echo? Sind diese Blätter, was das Autoporträt für einen Maler ist? Selbstverliebte Fratze? Jedenfalls verzerre ich mich selber bei dieser Aufschreiberei, das spüre ich: kein Wort notiere ich über meine Eltern und die eine lange Ehe hindurch währende Spannung zwischen dem andalusisch-katholischen Vater und meiner Mutter, die in einer Familie aufgewachsen ist, in der die spanisch-islamische Tradition sehr lebendig war; als habe mich derlei – bis hin zu maurisch-dekorativen Teetischchen – nicht stärker geprägt, auch mehr zerrissen als irgendeine übertriebene Handbewegung von Myriam, irgendeine ihrer Affektiertheiten, die ich ja dann auch wieder liebe.

Aber es ist so: der dünne Faden, der uns zwei bindet, schneidet tiefer und schmerzhafter als vielerlei bedeutungsschwere Stricke, die mich vertäuen. Auch wenn ich ungerecht gegen mich selber bin – die manchmal schräg gegen mich anlaufenden Reaktionen Myriams (oder auch ihre fast kunstfertige Fähigkeit, mit mir zu spielen) senken sich tiefer in mein Bewußtsein als Dinge, die objektiv wahrlich wichtiger sind. Ein ihr befreundetes Ehepaar zum Beispiel, er eine geradezu kostbare Mischung aus leicht frömmelndem Freimaurer und lexikalisch gebildetem Filmfex und sie eine großartig ernsthafte Lehrerin in einer Behindertenschule, ist mir bisher nicht eine Tagebuchzeile wert gewesen; obwohl ich gerade vor ihr und dieser Arbeit einen Heidenrespekt – wieso heißt es Heidenrespekt? – habe. Aber es dringt nicht in mich hinein, ist wie Tagesschau. Es bleibt vermittelte Wirklichkeit. Ich stelle mir sogar die – auch körperlich – unerhört qualvolle Arbeit dieser gar nicht resoluten, eher zaghaften Frau vor, zwischen Gesabber und Geschrei und Geflenne; aber es haftet nicht. Es ist nicht meine Wahrheit.

Dabei reagiere ich unlogisch. Ich will Politisches von mir fernhalten – wechsle das Politische dann aber aus gegen Königinnen oder Rennfahrer, reibe mich in

Wahrheit dennoch unentwegt an politischen Ereignissen; oft banalen. Selbst das mit den Königinnen stimmt nicht; sonst hätte ich mir nicht voller Abscheu den Satz dieses alternden südafrikanischen Herzchirurgen gemerkt, er möge Frauen über 35 nicht, die röchen nicht mehr nach Chanel, sondern nach Rheuma-Öl. Schüttelte mich direkt vor Widerwillen, auch bei dem Nachsatz, er habe nurmehr einen Wunsch im Leben – Claudia Schiffer nackt zu sehen.

So konstruiere ich mir ein eigenes Kreuzworträtsel – und kann es nicht lösen: vertikal der gefährliche Alkoholiker Jelzin, horizontal Myriams Käseomelett.

Hatte nach dem Intimitätsausbruch meines Freundes eine Art Waschzwang, kramte in alten Briefen von Myriam, brauchte die Fäden des Gespinsts, das uns zusammenhält. Die Zettelchen, Karten, Zeichen – ein Pappkarton voll Liebe: damals, unsere erste Paris-Reise vor acht Jahren, gleich am Anfang. Wir tanzten durch die regengraue Stadt, sie aß in der «Coupole» die ersten Austern ihres Lebens, und als sie mir die bezahlte Rechnung hinschob – ich dachte, sie soll wohl für die Steuer verwahrt werden –, stand in ihrer steilen Sütterlinschrift darauf: «Austernfischer, gib Deine Lippen der salzigen Innenhaut», und als sie mich bei Bofinger's Tatar einen Augenblick alleine ließ, kam der Kellner mit einem Kuvert, darin lag eine Karte mit Rodins «Moses» – im Rodin-Museum hatte ich tags zuvor angesichts der Skulptur gesagt, «Wie schön alte Männer sein können» –, darauf stand: «Du bist für mich der Schönste, Alter Mann». Wie sternenfern von Türkengeschichten. Ob Myriam auch Tagebuch schreibt?

MYRIAMS TAGEBUCH

25. 1.

Endlich mal ein angenehmer, ausgelassener Abend. Vielleicht auch, weil ich diese scheußliche Grippe hinter mir habe.

Wir waren eingeladen bei einem Fernsehregisseur, den ich seit Jahren kenne, für den ich mal die Kostüm- und Kulissenrecherchen gemacht habe zu einer Literaturverfilmung und dessen spröde Intelligenz ich mag. Außerdem halte ich gern zu Leuten, die Pech hatten – geschiedene Frauen oder, wie er, rausgeflogene Schauspieldirektoren. Im Augenblick hat er Erfolg, ist ziemlich gelockert, und so erzählte er zum Beispiel unglaublich komische Geschichten von Brecht (den er noch kannte) und der Weigel, die allenfalls den Kaffee bringen durfte oder die Stiegen fegen, wie der Meister ihr auf der Straße mit einer anderen am Arm begegnete und so knapp wie lässig den Mützenrand antippend «Hallo» sagte – und wie sie dennoch, oder deswegen?, zur Gralshüterin wurde. Im Haus in der Berliner Chausseestraße bewohnte er die eleganten oberen, sie – verbunden mit einer Art Dienstbotentreppe – getrennt die ärmlichen unteren Räume; mit der Küche, natürlich.

Die Gäste überboten sich gegenseitig. Der noch junge Leiter eines Theaterverlages gab die Geschichte zum besten, wie in den 60er Jahren ein Hamburger Opernchef einen Henry-Miller-Text von einem ihm ganz unbekannten Komponisten vertonen lassen wollte und wie auf Millers Wunsch Joan Miró um die

Bühnenbildentwürfe gebeten wurde. Fortan ging es nur noch um Miró: Die halbe Staatsoper saß seiner harrend im Zürcher Dolder-Hotel, dann drehte sich die Tür, hereingeschwemmt wurde ein Zwerg, Miró, begleitet von sechs aktentaschentragenden Riesen. Dann drehte sich wieder die Tür, hereingespült wurde ein Riese, Maeght (Mirós Händler und, wie er sich vorstellte, «Besitzer»), begleitet von sechs aktentaschentragenden Zwergen. Alle sprachen durcheinander – aber jeder in einer Sprache, die der andere nicht verstand.

Der junge Theatermanager erläuterte dem Opernchef das Libretto, der übersetzte es ins Französische, Maeght dann für den Meister ins Spanische, der währenddessen auf leere Bögen, die ihm die beflissenen Zwerge reichten, kleine Monde, Leitern, Handschuhe zeichnete und sie «rot» oder «schwarz» beschriftete. Die Blätter warf Miró weg – aber sie erreichten nie den Fußboden, denn die behenden Zwerge fingen die schwebenden Monde und Leitern aus der Luft auf und stopften sie in ihre Aktenkoffer; jedes war Tausende von Dollar wert.

Eine perfekte Pantomime mit der Pointe: der Kampf um die Miró-Blätter – die Originale – war im Verlag, in der Druckerei, in der Oper unerbittlich weitergegangen. «Jahre später», beendete der lustige Erzähler seine Geschichte, «sah ich sie gerahmt hängen – bei unserem Verlagschef.»

Etwas unhöflich spät wehte ein so liebenswerter wie skurriler Schriftsteller herein, exaltiert, egomanisch, ein Kakadu, der sich vor einem imaginären Spiegel spreizte. «Ein Manuskript, ich habe ein Manuskript fertig», rief er, und alle fühlten sich bedroht, daß er beginnen würde vorzulesen. Zugleich wedelte er mit der ersten Nummer irgendeiner neugegründeten Zeitschrift mit dem eigenartigen Tankstellennamen «Sprit» oder so ähnlich herum, es war wie eine Ejakulation. «Mein Artikel über die kurdische PKK... bestimmt werde ich eingesperrt, wenn der erscheint... nein, da haben sie mir was gestrichen.» Eben hatten wir einen Freudentanz gesehen, jetzt erlebten wir eine Haßtirade. *Das* kommende Blatt – «hier schreibt nur Deutschlands Elite, wer liest denn noch den SPIEGEL, ich werde da beratender Redakteur» –, das er im Rausch geschwenkt hatte wie Proust seine ersten Druckfahnen, war in einer Sekunde gemacht von Schweinen, Dilettanten, Ehrabschneidern – «man kann in diesem Land nicht mehr leben» –, weil zwei Sätze von ihm fehlten. Das strahlende Siegergesicht wurde häßlich, eng, der Mund böse – er fühlte sich plötzlich nicht nur politisch verfolgt, sondern auch rassistisch, denn er bestand darauf, Halbjude zu sein, obwohl uneheliches Kind eines unbekannt gebliebenen Vaters; ich glaube, schwul wollte er auch sein. Mir gefiel der farbige Irre.

27. 1.

Myriams Angebereien manchmal unerträglich. Sie macht sich an Künstler ran, als gehöre sie dazu. Vor drei Tagen bei einem ziemlich berühmten Regisseur benahm sie sich wie dessen Kollegin – weil sie ihm früher einmal ein paar Kleidchen rausgesucht hat. Erzählt allen Ernstes von «ihrer Filmausstattung» und lästert über die nichtstimmenden Details in Fassbinder-Filmen, in denen die Päckchen von Nachkriegs-Ami-Zigaretten eine Steuerbanderole hätten, die Heizkörper zu modern flach oder die Fenster falsch geschnitten seien. Mag ja sein, es gehört zur Filmgeschichte, daß Elvis Presley in «Rhythmus hinter Gittern» versehentlich verschiedene Häftlingsnummern trägt oder Rudolph Valentino in «Der Sohn des Scheichs» eine Armbanduhr; mir scheinen das Kantinenbanalitäten.

Peinlich, wenn sie von ihrem neuen «mein Film» sagt und auch, wenn sie einem spät und schrill hereinschneienden Would-be-Schriftsteller an den Lippen hängt, der sich für links hält und begeistert von einer Aufführung von Gorkis «Feinden» schwärmte. Zufällig hatte ich die Kritiken und Interviews im Archiv geordnet – so fragte ich den Paradiesvogel, was er denn von der zentralen Szene halte: Fabrikbesitzer sperren streikende Arbeiter aus, ein Fabrikbesitzer wird ermordet, von einem der Arbeiter«führer», und die Partei beschließt, der sei so wichtig und wertvoll, den dürfen sie nicht kriegen, also muß sich ein junger Genosse als Mörder stellen. Das, erkärt mir dieser angeberische

Dummkopf, sei eben Solidarität, der junge Genosse opfere sich eben, die Devise des Sozialismus sei schließlich, «Einer für Alle, Alle für Einen». Tückisch fragte ich in die Runde, von wem der Satz wohl stamme. Marx, Liebknecht, Trotzki? Nein, korrigierte ich hämisch, er stamme von einem anderen Herrn, und der habe dem Begriff Sozialismus eine Vorsilbe verpaßt: Joseph Goebbels. Und keineswegs *opfere* sich der junge Genosse, vielmehr *wird* er geopfert, die Partei beschließt es, sucht ihn im vorhandenen Menschen*material* aus mit den Worten, «Es gibt wichtigere und wertvollere Genossen als dich».

War tief verstimmt. Ich habe doch Franco noch in den Knochen, weiß, wie die Worte «Sozialismus», «Solidarität» in meiner Kindheit bei Besuchen in Spanien geflüstert wurden. Manchmal gerinnen Schatten ja zu genauer Erinnerung: bei einer von mir sehr geliebten Tante (sie war das schwarze Schaf der Familie, stammte aus einem begüterten Zweig und galt zugleich als Kommunistin), bei der verkehrte ein etwa 50jähriger Mann, der mich gerne auf seinen Knien reiten ließ und mir spanische Gedichte ins Ohr summte. «Der Sohn von Pedro Salinas» hieß es, nur wußte ich nicht, daß Pedro Salinas einer unserer großen Poeten ist, daß er als Emigrant in den USA gelebt hatte und dieser – damals erst kürzlich zurückgekehrte – Sohn seine illegale kommunistische Anti-Franco-Arbeit als Lektoratstätigkeit in einem Madrider Verlag tarnte. Aus diesen Erinnerungsschatten heraus schrie ich den Laffen an: «Sie hören nicht, was Sie nicht hören wollen, Sie haben ein eigenes Filtersystem im Gehirn – falls man das Gehirn nennen kann.» Und das sei Stalinismus, GULAG, Bucharin, Trotzki – alles.

Der falsche junge Beardsley, den Namen hatte Myriam ihm gegeben, schwarzer Samt, lange Ketten, stand mit gotischem Hüftschwung vor mir, strich sich die schönen dunklen Locken aus der Stirn und sagte, «*Ich* würde mich opfern». Das sind Myriams Künstler, vor denen sie versinkt, weil sie sich gemein macht. Als wir spät nach Hause kamen, fragte sie nur, «Wo hast du den Besteckkorb für die Spülmaschine hingetan?»

1. 2.

Das letzte Januar-Wochenende sind wir aufs Land gefahren, in ein kleines Gasthaus mit Kachelofen, friesischen Fliesen und köstlichem Heidschnuckenbraten. Drei Tage nur für uns, Sauna, Schneespaziergänge und –. Ja, und. Oliver ist mir aufs neue ein Wunder, ich bin nun nach acht Jahren immer aufs neue und immer neu verliebt. Er ist auch ein «immer neuer» Liebhaber.

Eine Liebesnacht von unheimlicher Dimension; so unauslotbar wie das Schwimmen im Meer, voll spielerischer Lust und dennoch manchmal mit einem Ziehen im Magen, wie unbegreiflich tief unter einem das «Nichts» ist.

Oliver ist der wunderbarste Liebhaber, den ich je hatte – stürmisch, besitzergreifend und zärtlich zugleich, manchmal zu bedrängend, mir gar weh tuend mit seinem zu großen Glied. Aber unterhalb dieser Männlichkeit spüre ich etwas sonderbar Weibliches, ein nicht greifbares Element – als schliefe ich mit einer Frau, die einen Penis hat. Er hat deutlich eine anale Lustzone, bäumt sich auf, während er in mir ist, wie früher immer, wenn ich diese lustigen Lockenbüschel an seinem Hintern zwirbelte; als wolle er sich hingeben. Ich habe mir diese Nacht vorgestellt, es gäbe einen Mann, der ihn nimmt, in meinem höchsten Moment. Wir sind in all den Jahren zu scheu geblieben, derlei etwa auszusprechen. Dabei empfinde ich diese Doppelheit als besonders erregend, daß er in Augenblicken der Ekstase auch eine Frau ist – er streicht meine Nässe über seine Haut wie den eigenen Samen, ein Augenblick von Verlorenheit, von Absinken, eine ferne Traumwelt, zu der ich keinen Zugang habe. Er ist dann sehr schön, weit weg, satt – als habe er empfangen. Ein Geheimnis, das sich selber auflöst. Ein versunkener Frauenstern, ohne Firmament, ohne Grund. Was noch keinem Menschen gelungen ist, sich selber zu küssen, er scheint es zu tun, wenn er seinen Samen über meine Lippen streicht und sich schmeckt, während ich ihn schmecke.

OLIVERS TAGEBUCH

2.2.

Kann man sich beim Öffnen eines Briefes die Haut schneiden? Myriam behauptete das neulich. «Muy Hombre» sagte sie letzte Nacht zu mir, und es blieb wie ein Ziepen in den Härchen meiner Ohren; warum spanisch (sie kann doch gar nicht Spanisch?) – warum macht sie mich zum Gastarbeitersohn, in so einem Augenblick? Ist es liebevoll, ist es mich umschließend, ist es ausschließend? Sie war einen Sekundenriß lang «die Deutsche» (als sei ich nicht deutsch, nur, weil meine Eltern aus Andalusien stammen). Ich fickte – und ich berührte nicht.

Vor ein paar Wochen hatten wir Alfred Brendel Beethovens «Pathétique» und «Les Adieux» spielen hören, und Myriam hatte anschließend begeistert von dem Wiederauftauchen des Rondo-Themas und dem Nachlassen von Mozarts Einfluß auf Beethoven gesprochen. Da fragte ich sie, «Wo lebt Brendel eigentlich?» «Na, in London.» «Ist er denn Engländer», fragte ich nach. «Er ist Jude.» (Was er übrigens nicht ist.)

Wieviel Ferne kann in der Nähe nisten? Ich liebe diese Frau, begehre sie täglich – und als sie neulich «jüdische Synagoge» sagte, war sie ein Fremder, ein Eroberer. Sie ist meine Haut, oft scheint mir, ich streichle mich, wenn ich ihre Äderchen entlangtaste, es ist *ein* Puls – und als sie heute morgen die Orangen nur halb auspreßte, achtlos fortwarf, wohnte sie in der Hälfte der Welt, wo man nicht weiß, was es für meine Eltern bedeutet hatte, daß sie 1958 zu arm waren für Orangen in der kalten Neuheimat Rüsselsheim. Was ist anders daran, wenn ich ihre Augen küsse und dieses undefinierbare Dunkelgrau, das manchmal ins Braun-Violette hinüberschimmert, die Farbe geschälter Pflaumen nenne – und sie «Oliven» flüstert beim Berühren meiner Lippen? Ich bin eifersüchtig auf mich.

5. 2.

Oliver ist auf komplizierte Weise dumm. Er hat viel gelesen – wie ein Archivar eben –, ist aber nicht intelligent; auch voller Seelen-Rüschen. Affig zum Beispiel, wenn er in Konzerten die Augen voller Innigkeit schließt und mit den Händen den Takt mit-wippt, ein Innigkeitsritual, das ich hasse. Wie ich mich auch wüte, wenn diese Klavierlehrerinnen auf den Abo-Sitzen ihrem «Männe» verständnisnickend bei einer Kadenz in die Augen blicken – «Wir beide wissen genau... nur wir beide können Brendel von Pollini von Pogorelich unterscheiden... wir beide können beurteilen... wir beide sind empfindsame Seelen und kenntnisreiche Musikliebhaber». Seelentremolo bei Schumanns Fantasie in C-Dur im Faltenrock und grünblauem Schottenstoff-Blazer, Pünktchenkrawatte mit passendem Ziertüchlein. Einen Dutt tragen die Nachhilfedamen heute nicht mehr, sie sind ja fesch, mit weißgefärbter Stirnsträhne.

Oder, noch schlimmer, auf intellektuell-schick herausgeputzt. Kürzlich in einem Konzert – zu meiner Verwunderung, weil ich den sonst nicht mag, die besonders schöne Sonate für Violine und Klavier in F-Dur von Dvořak – saß neben mir so eine Bildungsziege: schwarzer Lippenstift, schwarze Brille und den «Malte Laurids Brigge» in der Hand, in dem sie allen Ernstes – in aller Lächerlichkeit – während der Pause las. Brr. Olivers Wippen. Andalusischer Musikantenquatsch.

Besonders geärgert hat mich schon oft, daß er an unpassenden Stellen im Theater lacht. Vorgestern sahen wir uns eine Videokassette der Beckett-Inszenierung von «Das letzte Band» an, wo nun wirklich nicht ein einziges Wort zum Lachen ist. Doch als Krapp sagt, «... aufreibendes Geschlechtsleben ... Erlahmen der Jagd nach dem Glück. Völliges Versagen der Abführmittel», kicherte Oliver albern, und zum Schluß, bei der bitteren Bilanz, «Was ist schon ein Jahr heutzutage? Bitteres Wiederkäuen und steinharter Stuhl», lachte er gar laut auf. Verletzend.

Was wehrt er da eigentlich ab? Hat er nur einen großen Schwanz und ein kleines Gehirn – und ein gefälteltes Seelchen? Mich macht das derart nervös, daß es bis weit nach Mitternacht einen schlimmen Krach gab.

6. 2. frühmorgens, hellwach

Ist unsere Liebe ein Wort ins Wasser geschrieben? Ich weiß gar nicht mehr, wer die zerrüttende Auseinandersetzung der letzten Nacht angezündet hat. Nach einem Fernsehabend mokierte ich mich über die niedliche Weltlosigkeit vieler aktueller Theateraufführungen, etwa über Peter Brooks «The Man Who», deren leere Kunstfertigkeit mich geärgert hatte – 13 Szenen zwischen «Stirnlappen Läsion», «Amnesie» und «Aphasie», in denen Schauspieler, ohne ein einziges Wort, wie gedrillte Pudel Irrenattitüden simulierten beziehungsweise zelebrierten. Dieses zeremoniöse Spiel mit Gesten Geisteskranker empört mich sogar. Wie mich die perfekt-perfide Aufführung von Handkes «Die Stunde, da wir nichts voneinander wußten» gelangweilt hat; Luc Bondy könnte mit seiner Kunstfertigkeit wahrscheinlich das Berliner Telefonbuch inszenieren. Aber sollten Schauspieler, statt zwei Stunden lang stumm ihre Gelenkigkeit, ihre Finger-Mienen-Körpersprache zu feiern, nicht eigentlich einen Text interpretieren?

Ich dachte Myriam ganz auf meiner Seite, als ich explodierte, «In Deutschland brennen Ausländerwohnheime – und man applaudiert diesem Rokoko?» Aber Myriam, den ganzen Abend über offenbar schon verstimmt, fuhr auf mich los, nannte mich andalusisch-sentimental. Also auch sie? Auch für sie bin und bleibe ich «Ausländer». Muß diesen Streit notieren, um meine Seele zu reinigen.

«Also ich bin für dich Ausländer? Ich bin vielleicht

Nicht-Deutscher, aber ich bin hier in Deutschland geboren, ich bin in Deutschland aufgewachsen. Deine Sprache ist auch meine Sprache. Mag sein, es gibt für mich nicht deine deutsche Vergangenheit, es gibt für mich nicht deine deutschen Narben.»

Darauf wies Myriam mich schroff zurecht: «Du wedelst mit deinem spanischen Paß herum wie mit einem Rechtfertigungsschein, einem Ablaßpapier – als wärst du was Besseres, was anderes. Du bist hier geboren, spiel nicht den Gastarbeiter.»

«Ich gehöre zu den Gastarbeitern. Man hat mir ja nicht die Frage gestellt, ob ich Gastarbeiter bin oder nicht, sondern ich habe die Diskriminierung gespürt, aus einer Familie zu stammen, die als Gastarbeiterfamilie nach Deutschland gekommen ist. Du erinnerst dich doch an die Geschichte: Als ich mich einschrieb an der Universität in Freiburg, mußte ich mich auf Salmonellen untersuchen lassen, weil in Spanien damals wohl die Salmonellenkrankheit ausgebrochen war. Ich kam ja aber gar nicht aus Spanien, der Beamte gab zu, daß er öfter und ganz kürzlich in Spanien auf Urlaub gewesen war; ich hingegen seit Jahren nicht. Es half nichts: Da ich Spanier bin, könnte ich sie ja haben. Das ist Diskriminierung, Ausgrenzung, Nichtakzeptieren von Menschen anderer Herkunft. Du selbst hast dich über die Frage eines meiner Lehrer empört, als ich dir mal davon erzählte: ‹Was hat ein Gastarbeiterkind bei uns auf der Schule zu suchen?› Was denkst du denn, was das in einem Kind anrichtet? Und jetzt redest du im selben Ton? Jetzt bin ich ‹anadalusisch›, weil ich bei einem Theaterstück lache?»

Myriam fand mich, wie sie es ausdrückte, «zum Kotzen», bezeichnete mich als «Vorzeigespanier», der mal das Spanische betont und mal dasselbe sein will «wie wir». «Wie wir!» «Warum spricht man in deiner Familie, Jahrzehnte hindurch, nicht deutsch? In dreißig Jahren kann man ja Deutsch lernen. Wollt ihr das nicht?»

«Sie wußten doch gar nicht, daß sie dreißig Jahre in diesem Land bleiben werden. Sie haben sich ineinander verliebt, sie haben geheiratet, sie haben Kinder bekommen, die Kinder sind hier aufgewachsen. Und wie sollten meine Eltern denn Deutsch lernen? Sie waren Fabrikarbeiter, die den ganzen Tag über vor einer Maschine standen, und die Maschine brachte ihnen kein Deutsch bei.»

Auf mich wirkte es kalt, wie Myriam das zerschnitt. «Ihr biegt euch alle was zurecht», sagte sie, «ihr seid nicht die ersten Menschen, die in ein fremdes Land gingen; jeder Pole, der im 19. Jahrhundert ins Ruhrgebiet kam, mußte Deutsch lernen – und das wurde auch nicht im Schacht unterrichtet. Kein Hugenotte sprach nach dreißig Jahren in Berlin noch französisch, und kein Deutscher, der nach 1848 in die USA floh, sprach 1868 noch badensisch in New York. Die kamen alle nicht mit Privatlehrern oder zu Sozialamtsschulen. Das waren auch Arbeiter, kleine Handwerker, kinderreiche Arme, die malochen mußten. Dein Immigrantentick ist sozial abgesicherter Anklage-Kitsch.»

«Jetzt machst sogar du mich zum Fremden, du, die ich liebe! Ich werde zum Ausländer gemacht, was ich nicht bin. Ich bin Nicht-Deutscher, aber ich bin nicht Ausländer. Ja, meine Herkunft ist eine andere. Mein Empfinden ist ein anderes. Weil meine Wiegenlieder andere waren. In Deutschland bin ich zum Teil mit andalusischen Wiegenliedern aufgewachsen, das heißt, ich habe eine andere Zärtlichkeit entwickelt, aber ich dachte, es ist unsere geworden?»

Fast fing ich an zu heulen über Myriams schnödes «Spiel hier nicht den Gast», was bei mir geradezu einen Ausbruch provozierte:

«Begreifst du wirklich nicht, warum mich bestimmte Wörter verletzen? Warum ich ein so seltsames Verhältnis habe zu diesem Wort Gast? Es löst bei mir einen Widerstand aus. Ekel sogar. Widerwillen. Es ist schlimm, richtig schlimm, was du an Mißtrauen in mir weckst. Ich frage mich: Kann ich wirklich einen Menschen lieben, der einerseits Obligates gegen die Ausländerfeindlichkeit, gegen die Ausgrenzung von Fremden in irgendwelchen Gesprächen sagt, aber nichts tut, und gleichzeitig behauptet, daß er mich liebt? Was liebst du da in mir, an mir? Nur meinen Körper, meine Augen, meinen Mund? Du trennst ja das Sexuelle von mir ab – als gäbe es das ohne Kopf, ohne meine Ängste, als habe das nichts zu tun mit meinen Fluchten zu dir.»

Myriam rauchte, trank Fernet-Branca und sagte nur einen Satz: «Irgendwer hat mal gespottet, ‹Es gibt keine marxistische oder katholische Geometrie› – so begreif bitte: es gibt keine andalusische oder deutsche Zärtlichkeit.» Sie war weit weg von mir.

MYRIAMS TAGEBUCH

10.2.

Ich habe Oliver Unrecht getan neulich. Er hatte mit seinem Ausbruch recht – selbst, wenn ich auch recht hatte. Es gibt eine Neckgrenze. Mir fällt eine schlimme Szene ein, die ich vor einiger Zeit verursacht habe, die echte und falsche Gleichheit der Ebenen völlig falsch einschätzend: Wir hatten eine Premierenfeier, mit dabei ein israelischer Berater für die Dokumentation des Films, mit dem ich die Wochen der Arbeit hindurch ein lustiges, frozzelndes, sogar flirtendes Verhältnis hatte; zum Schluß des Abends sagte ich zu ihm, «Juda verrecke». Natürlich hatte ich es zwinkernd gemeint, Einverständnis zwischen uns beiden voraussetzend, daß die, die sowas sagen oder denken, *unsere* Gegner sind. Der Mann erstarrte, nahm schweigend seine Garderobe und verließ, ohne ein Wort, das Lokal. Mit sowas darf man eben nicht zwinkern, über sowas gibt es kein Einverständnis.

Das fiel mir gestern in einer so lächerlichen wie abstoßenden Situation ein – und Olivers Verletztsein. Aus irgendeinem Termingrund mußte ich über Frankfurt nach Berlin fliegen, wo ich ja diese alten Stadtteile um den Alexanderplatz für ein neues Projekt studieren will. Ich bin zwar nicht Architektin, aber man hat akzeptiert, daß ich «schnuppern» will – alte Friseurschilder, Modeauslagen, Kneipeninterieurs. Beim Umsteigen geriet ich in dem Labyrinth des Frankfurter Flughafens in einen falschen Ausgang, verwechselte so ein A-18- mit einem A-13-Gate, irgend jemand rief mir hinterher, «Hier dürfen Sie nicht durch, das ist die Maschine nach Prag», ich war inzwischen eilig, drehte diese Drehtür verkehrt herum und ging zu der Berlin-Maschine. Fünf Minuten später standen zwei schwerbewaffnete Soldaten des Bundesgrenzschutzes in der Maschine, irgendein Befehlsmensch schrie, «Da, da ist sie, da vorne», ich wurde aus der Maschine geholt, angefahren, ich sei «illegal eingereist», Ausweis, selbst meine Papiere, daß ich fürs Fernsehen arbeite, nutzten nichts. Am liebsten hätten sie mich verhaftet, und ich schaltete meine Wut – «Wie kann ich von Frankfurt nach Berlin illegal einreisen, wenn ich durch die falsche Tür für eine Maschine *nach* Prag gehe?» – rasch ab. Frauen haben es ja manchmal leichter – ein bißchen Augenplüsch und hilflos und weltfremd ist die Rolle, die besser wirkt, die hilft. Da dachte ich: Wenn ich nun einen spanischen Paß wie Oliver hätte. Mindestens zwei Stunden hätte das gekostet, wenn nicht zwei Tage; sogar die Angst vor Ausweisung wäre ihm im Genick hochgekrochen. Wenn ich aus Berlin zurück bin, erzähle ich Oliver die Geschichte. Er wird verstehen, daß ich mich damit entschuldige. Die törichte Sache wird meinen Blick für das alte Berlin schärfen, ich werde Ausländeraugen haben. Dabei ist es ziemlich bizarr, daß ich hier todmüde im Hotelzimmer sitze und vor dem Spiegel des Frisiertisches meine Berlin-Notizen mache. Armes Tagebuch, mal Beichtbrevier, mal Arbeitskladde und mal heimlicher Brief an Oliver. Aber die Reibung mit ihm hat mich so rauh gemacht, so geöffnet, daß die Flaniererei ein ganz eigenes Erlebnis wurde. Er war meine Wünschelrute.

Meine Erkundungsfahrt glich der Arbeit eines Archäologen – Schicht um Schicht ist abzutragen, Übermalungen sind zu entziffern, abblätternde Schrift ist zu deuten. Ist das hilflose Schildchen «Flinke Jette» über einer Reinigung noch paläolithisch (1933–1945) oder schon neolithisch (1945–1989)? Die Chopin-Musik im Damenklo des S-Bahnhofs Alexanderplatz mit dem hübschen Pappschildchen «30 Fenniche» vor dem Automaten für «Wild-Banana»-Kondome ist gewiß sehr heutig, wie an der Wand gegenüber die leckere Werbung für die «Black Dream Men After Show Party – auch für Männer». Doch die rührende Schrift am «Präsent»-Laden voller Kristall-Kitsch gehört mit Sicherheit ins Neolithikum, wohl auch die nur spärlich aufgemotzte «Alexandra-Damenboutique» mit der raffinierten Werbung «Wenn Sie schicke Mode zu erfreulichen Preisen und eine schöne Atmosphäre mögen…». Doch gehört der Spruch «1. Mai-Demo: Kein Bonze nach Berlin» schon ins Bronzezeitalter, desgleichen ein handschriftlich gemalter Zettel an der S-Bahn-Säule, «Initiative Bürger gegen Geheimdienste: Besuchen wir unsere Stasi-Generale – Sonntags ins Grüne» – oder bin ich schon, in der S-Bahn-Halle zwischen «Käseplunder 1.–, ½ Hähnchen 3,85, Strammer Max 6,20» mitten in der stainless-steel-Zeit?

Man steht gleichsam in mehreren Zeiten auf einmal: Eben noch nostalgiert man sich vor dem «Café Mosaik» mit seinen realsozialistischen Arbeitermosaiken in den marxistischen Begriff der Arbeit zurück – da taucht ein dicker, alter Mann auf, rote Stretch-Hosen, Texas-Hut, der Lautsprecher, den er auf sein Moped montiert hat, plärrt Berliner Schnulzen, an der Hand führt er einen Berliner Bären, und über ihm baumelt ein schön gemaltes Schild «Berliner Original»; daneben gibt es «3 Fl. Rotwein f. 5.–», 2 Netzhemden f. 1.–» und Taschen aus «echt Leder». Der Sandwichmann für «Erkenne dein Selbst durch spontane Kundalini-Erweckung» scheint exterritorial – wie das geschlossene Riesenbürohaus hinter ihm mit der Aufschrift «Wir haben für Sie geöffnet» über dem Eingang, an dem ein Zettel pappt, «Wellensittich zugeflogen».

Der Obelisk des Honni-Lithikums war ein Fernsehturm; nun ein traurig aus seinem Beton-Faltenrock ragender Phallus, an dessen geschlossenem «Speiserestaurant» – Berlin liebt diese Doppelwörter wie Amüsiervergnügen oder Bierdestille – man noch die Rune «Sättigungsbeilage» entziffern kann, und auf dessen grünlich-verkommener Balustrade nurmehr Berliner Gören zwischen leeren Pappkartons und zerbrochenen Bänken mit alten Cola-Dosen herumballern; siegreich überbleckt auf den umliegenden Hochhausfirsten «Fanta» die guten alten Varva-Schriftzeichen oder den kühnen Spruch der VEB-Ruhla-Uhren «Kontakt mit der Zeit». Die steht still und rast zugleich wie das unweit vor der leise im Wind sich blähenden Schloß-Kulisse kreisende und kreischende Riesenrad. Es scheint den Zeit-Faden zu spinnen und zugleich aufzuwickeln. Zwischen «Mannes Mampfbude» und einem Mercedes-Salon.

Die Mischung des Berlinischen aus ruppig und sentimental, aus «Na-Kleene»-Hilfsbereitschaft- und «Dia hamse wohl mitm Klammabeutel gepudert»-Grobheit, die oft ganz unerklärlichen, aber immer verständlichen Sätze wie «Bei mir Schornstein, freier Abzug» oder abrupte Schlußformeln, «... und damit schrum», geben eine eigene Liebesmelodie. Eine unnachahmliche Sprache, untermischt mit tausend jiddischen Versatzstücken, Resten, Verballhornungen. Niemand weiß, was eigentlich «Fisimatenten» sind – alle wissen es; vom Taxifahrer bis zum Lyriker.

Diese urkomischen, oft in ihrer Herkunft nicht mehr erkenntlichen Umformungen aus dem Französischen (der Hugenottenzeit), die Mostrich aus Moutarde, blümerant aus bleu mourant, uff'n Kievief sein aus dem (Ruf der Wache) «Qui vive» machen, sind eine Melange aus Kabarett und Kabinettstückchen. Am schönsten eben diese berlinischen Doppelbegriffe: mit'n gewissen avec, Deez-Kopp (von tête), von infamichter Gemeinheit oder das beliebte conträre Gegenteil. Das Käsekasten-Spiel der Kinder hat nichts mit Käse zu tun, ist vielmehr die Doppelung von la caisse = der Kasten, sowenig wie die abgemachte Seife etwas mit Seife zu tun hat, sondern das c'est fait = abgemacht wiederholt. Von «Boulette» bis «die Pochtjeesche», von der «Roulade» über das «Erbspüree» bis zum «Eclair»: ein einziger Leihverkehr; ganz auf neu renoviert. Die schönste Sprache der Welt. Man kann süchtig nach ihr werden.

Am aufregendsten aber ist es um den Alexanderplatz herum, das, was die Berliner «Jejent» nennen, wo Proletariat, Kleinbürgertum, jüdische Handwerker, kleine Gauner und jene sagenumwobenen «kessen Berlinerinnen» einst geradezu einen eigenen Völkerstamm bildeten. Die Bierfahne aus der «Alten Münze», die mit Kreidetafeln «Hier können Sie telefonieren» und «Leber mit Apfel-Zwiebel-Ringe – 7,90» lockt, weht noch bis aufs Trottoir oder die «Bierstube

Alt-Berlin» mit ihrer Lyrik «Das schönste aller Dinge – ein schneller Schluck bei Heinz und Inge». Einige der einst offensichtlich anspruchsvollen Häuser haben die Zeit angehalten. Die totale Verkommenheit ehemals nobler Kassettendecken, Treppenläufe, Flure ist erschreckend. Verfallene dritte Hinterhöfe, mit Kreidestrichen der Zugang kenntlich gemacht, wie die Berliner Kriegstrümmer mit ihren Inschriften «Herta Lehmann lebt, klingeln bei Emma Krause». Vieles könnte man nur sehr aufwendig in Ateliers nachbauen. Dieses Scheunenviertel ist ein soziokulturelles wie architektonisch einmaliges Ensemble, die neun ineinander verschachtelten Hackeschen Höfe sind eine ungewöhnliche Mixtur aus Kleinkunstbühnen mit Mimenspektakel, «Mozart-Stimmen auf Papier» oder Frühstückstheater, «Jeden Sonntag 10^{00} mit Kindern», Atelierräumen, «normalen» Mietwohnungen, Kleingewerbebetrieben oder herrlichen alten Kneipen voller Zinn-Ramsch und Atmosphäre.

Ich vermißte Oliver sehr bei meinem Spaziergang durch «Schtetl» und «Mulackei» (nach der Mulackstraße genannt). Da der Grabstein von Moses Mendelssohn, dort ein Chamisso-Denkmal; der Garnisonsfriedhof mit de la Motte Fouqués Grabmal und der Friedhof der Sophiengemeinde mit den Gräbern von Albert Lortzing, Max Stirner oder Carl Mampe, den Familiengrabstätten Bechstein oder Walter Kollo. Plötzlich – weil ich mich so allein fühlte? – kamen mir komische Galoschenverse in den Sinn, Erinnerung an eine alte Schellackplatte, die ich neulich erstand: «Ich reiß mir eine Wimper aus und stech dich damit tot. Dann nehm ich einen Lippenstift und mach dich damit rot. Und wenn du dann noch böse bist, weiß ich nur einen Rat: ich bestelle mir ein Spiegelei und bespritz dich mit Spinat.»

Ich hatte Glück in Berlin. Zuviel? Traf diesen israelischen Dokumentaristen auf der Straße, der mich begrüßte, «Wissen Sie, daß es hier eine Kneipe gibt, in der man Wein von den Golanhöhen kriegt? Wäre das nicht angebracht für uns beide?» Also Versöhnung, er hielt mich nicht wirklich für eine idiotische Antisemitin. Mir fiel ein Stein vom Herzen.

Beim Wein fiel ihm ein, daß er für später am Abend Freunden zugesagt hatte, im Grunewald. «Wollen Sie mitkommen?» Ich war so froh über dieses Friedensangebot.

Es war ein Geschwisterpaar – Zwillingsgeschwister, wie sich herausstellte –, beide Augenärzte, kein bißchen erstaunt, daß da eine Fremde hereinschneite. Der Mann, eher zierlich, Pfeife rauchend, sah mich auf eine Weise an, daß mir ganz töricht rausrutschte, «Wir kennen uns, glaube ich». Die Augen lagen zu tief im Gesicht, wie versteckt unter den enorm schwarzgebüschelten Brauen, ich konnte nicht erkennen, waren sie grünlichblau oder ganz dunkelgrün oder changierten sie ins Lila, und nur in diesen Augen tänzelte ein Lächeln bei seinem «Nicht, daß ich wüßte. Sie müssen mich verwechseln». Seine Schwester war die Lebhaftere, Hübschere auch, von einer selbstverständlichen Freundlichkeit. Ich hätte ihn gerne berührt, an der Schulter, eine Hand, den kleinen traurigen Zaubertanz gerne aus seinem Gesicht gewischt. Ich weiß nicht mehr, wieso unser Filmdokumentarist auf Tintoretto kam und wie wir in einen kleinen Streit gerieten, ob man wirklich schon von «dem ersten Barockmaler» sprechen kann statt von «dem letzten Renaissance-Maler». Ich war nur verblüfft, wie vehement plötzlich Georg – so nannte ihn seine Schwester – wurde, als er vom Abendmahl-Bild sprach, das in Venedigs San Giorgio Maggiore hängt, und von dem Vorbild, das Tintoretto benutzt hatte: ein «Pessah-Mahl»-Teppich, den irgendein Herzog von Mantua Mitte des 16. Jahrhunderts in Mailand verbrannt hatte.

«Wieso weiß er sowas», dachte ich. Der schmächtige Mann mit den zu kleinen Händen, dem schütteren grauen Haar und diesem Sog in den Augen hatte hinter dem Vorhang seines Pfeifenqualms einen Einakter gespielt. «Na», meinte ich zum Abschied, «das werde ich mir demnächst in Venedig genau ansehen, auch das mit der besonderen Perspektive des Abendmahltischs, die Sie erwähnten.» Augenarzt ist der?

18. 2.

Myriam hat vor ein paar Tagen einen ungewöhnlich sympathischen Besuch angeschleppt, einen älteren Mann, den sie neulich in Berlin kennengelernt hat, Zahnarzt oder sowas. Er wohnte (ganz entgegen ihren Gewohnheiten) bei uns, und wir verfransten uns den ersten Abend in eine so wüste Debatte über «Schindlers Liste», daß ich jetzt hier im Archiv noch wütend in die Tasten haue (was ich sonst im Büro nie tue). Ich hatte nämlich den Eindruck, daß Myriam in einer Art Berufsblindheit hingerissen war von der «Echtheit» des Films, ihm deshalb Überzeugungskraft attestierte.

Aber ich glaube von alldem kein Wort. Kein Wort von der wachgerüttelten Nation, von Tränen, Aufstand des Gewissens, Reue, Scham. Geweckt beziehungsweise produziert wurde eine große Emotion. «Aber allein das Gemüt unterscheidet den Menschen von einem programmierten Computer. Deine Überschätzung des Ästhetischen gegenüber dem Moralischen finde ich geradezu erschreckend», griff Myriam mich an.

«Aber ich meine nicht das Ästhetische, ich meine ja das Moralische. Der Film – wie weiland die ‹Holocaust›-Schnulze – mag erschüttern, aber er macht nicht denken. Erinnerst du dich, daß wir schon einmal über das hübsche Zurechtschminken von Geschichte durch angebliche Kunst gestritten haben? Damals ging's um Hemingways Romanschnulze ‹Wem die Stunde schlägt›, mit der er den Spanischen Bürgerkrieg zu einer Lovestory verniedlichte – jetzt also Widerstand und Gewissen per Kameraeinstellung? Nicht, daß sie alle mitgemacht haben, ob Weichensteller, Blockwart oder Leutnant. Nicht, daß Auschwitz eine Fabrikanlage war, ein Riesenunternehmen, größer als TUI und NUR zusammen. Das haben ‹alle› nicht gewußt? Ich kann das nicht mehr hören. Was du sagst, läuft auf ‹Was nützt uns Kunst – wir brauchen Gemüt› hinaus. Gemüt ist aber Kleister. Du selber arbeitest doch an der Vorbereitung zu einem Dokumentarfilm mit – nur so, kühl, klar, sachlich kann man Menschen zum Denken bringen. Tränen trocknen schnell.»

Glücklicherweise hatte ich vor kurzem den Aufsatz eines amerikanischen Schriftstellers gelesen, der in der These gipfelte, «Schindler ist ein Faschist, der bei Sinnen ist, nur das. Und die Mißachtung des Willens einzelner Juden wird nicht gezeigt; wie ihnen der Wille gebrochen wird.» Dieser New Yorker Romancier hatte sogar die nazistische Wirklichkeit charakterisiert als geprägt von einer gewissen sexuellen Erregtheit, einem fiebrigen Omnipotenztraum des männlichen Willens, den dieser Film gleichsam mitträumen läßt: die Juden in dem Film haben keinen eigenständigen Willen, haben Emotionen, Neurosen, pathetische Gesten, aber keine Eigenständigkeit. Sie verkörpern die Hollywood-Idee von amorpher Weiblichkeit, und der – männliche – Diktator regiert in seinem kleinen, zur Rettung von Menschen bestimmten Reich das Happy-End herbei.

Etwas feige, mich hinter diesen ausgeborgten Argumenten zu verstecken.

Wir stritten heftig, bis tief in die Nacht, bis mir auffiel, daß unser Gast überhaupt nichts gesagt hatte. «Was meinen Sie denn, Herr Doktor», fragte ich den schweigend seine Pfeife Rauchenden, «finden Sie, daß Frau Mehrgardt recht hat mit ihrem Satz, ‹Dann ist jeder schuld, der überhaupt gelebt hat›?» Dieser Mann hat eine Art Würde. Er stand auf, um sich ein Glas Wasser nach dem zu vielen Rotwein zu holen. «Kennen Sie Brecht», fragte er still, «kennen Sie die kurze Szene aus ‹Furcht und Elend des Dritten Reiches›, ‹Jüdische Frau›, die mal unnachahmlich die Weigel gespielt hat? Da will, 1933, eine Frau in die Sommerferien fahren, nach Holland, an die See. Ihr Mann, Oberarzt, wohlanständiger Großbürger, steht vor seiner in Angst zerfahrenen jüdischen Frau, die sagt, ‹Nur für ein paar Wochen, zu Freunden›. Und er gibt ihr den schweren Winterpelz. Im Juli.»

Peinlicherweise standen wir gegen Morgen beide nackt vor der Badezimmertür, er war aus dem Gästezimmer gekommen, ich kam mir plump, eckig, grob vor, er sah so zart aus, jungenhaft fast trotz der dichten Behaarung. «Ein richtig gutaussehender Mann», dachte ich bei dem typischen Konkurrenzblick, mit dem wir Männer den anderen abschätzen, «ob er jüdisch ist?»

Wir gingen am nächsten Nachmittag – ich wollte ihn dann zur Bahn bringen – in den Film; er hatte ihn noch nicht gesehen. Das Kino war voll mit fröhlichen jungen Leuten, die noch bis in die ersten Bildsequenzen hinein nach Eis, Schokoladenriegeln, Snickers riefen. Ich verlor die Kontrolle und schrie ein Mädchen, zwei Sitze neben mir, auf ihr «Reichste mir das mal rüber?» an: «Schämen Sie sich kein bißchen? Hauen

Sie doch ab hier, und ziehen Sie sich Ihren Krimi zu Hause rein. Wollen Sie bei jedem toten Juden einen Schokoriegel lutschen?» «Schämen *Sie* sich, Mann», hörte ich, «bloß nicht so aufgeregt. Ich sehe das ganz cool.»

Wir beide krochen in unsere Sessel, saßen ganz eng, Kinder, die sich fürchteten. Unsere Hände suchten sich. «Was hat der Mann bloß für kleine Hände», dachte ich und umfaßte seine Rechte mit meiner Linken.

«Ich glaube, Sie haben recht», sagte er, als wir auf der Straße standen, «ich danke Ihnen. Für alles.»

20. 2.

Recht verzweifelt, wie stumpf Oliver zuweilen ist. Selbst vor diesem fremden Mann gibt er zu verstehen, daß er mich offenbar für exaltiert hält, wenn ich meine Arbeit einschätze, wie ich's nun mal tue: als eine Tätigkeit zumindest am Rande des Künstlerischen.

Ich will ja gar nicht vermessen sein und nenne deshalb in solchem Gespräch nicht einmal Namen wie Richard Lindner, Andy Warhol oder gar Francis Bacon, die schließlich alle mal Schaufensterdekorateure in Kaufhäusern gewesen waren. Aber falls Film, na gut, meinetwegen: Fernsehen, mit Kunst zu tun hat, dann ist der Ausstatter doch genausogut «Künstler» wie der Regisseur oder der Kameramann? Die Kleidung, die Frisuren, die architektonischen Details, selbst die Autos sind doch Teile des Märchens, das für den Betrachter gezaubert wird? In Hollywood gibt es nicht zufällig Oscars auch für diesen Bereich der Produktion so gut wie in Frankreich den César, und wenn jetzt für viel Geld die von ihr über Jahrzehnte gesammelten Requisiten Marlene Dietrichs gekauft und für ein Museum aufbereitet werden – wer hat die denn gemacht? Sie hat doch ihre Kleider nicht selber genäht (oder entworfen), ihre Frisuren, ihre Hosenanzüge, den berühmten weißen Schwanenpelz. Das alles ist doch Bestandteil ihres Mythos, ihrer Ikonographie, der von vielen Myriams hergestellt worden ist.

Unserem Gast war die Auseinandersetzung sichtlich peinlich, behutsam leitete er das Gespräch über zu einem anderen Thema. Er schien biegsam gegenüber Oliver, neugierig auf ihn.

20. 2.

Myriams Macke, sich für eine Künstlerin zu halten, weil sie für einen Film irgendein Wohnzimmer installiert, für einen Schauspieler die Jacketts oder Hüte entwirft, nachgerade und immer wieder peinlich. Sie hat sich in ihr Atelier allen Ernstes gerahmte Kostümzeichnungen von diesem schmierigen Erté an die Wand gehängt und meint, die Dietrich wäre ohne Leute wie sie nicht zum Kultobjekt Marlene geworden. Sie begreift gar nicht, daß man die Kleider, Anzüge, Sofas in Filmen meist überhaupt nicht wahrnimmt – wie die Filmmusik. Ausnahmen aus vergangener Zeit wie «Ein Schiff wird kommen» und «Dr. Schiwago» oder das spektakuläre Auto von Gloria Swanson in «Sunset Boulevard» bestätigen die Regel, meinetwegen dieser U-Bahn-Schacht-Rock der Monroe in «Das verflixte 7. Jahr». Mancher heutige Soundtrack macht wohl auch Karriere als Lufthansa-Bordmusik. Zu neunzig Prozent aber sieht man im Film dem Schauspieler zu, verfolgt die Handlung; was Anthony Perkins in «Psycho» anhatte, weiß kein Mensch mehr, und von dem Zimmer in dem Motel hat man den Duschvorhang in Erinnerung. Mehr nicht.

Geradezu erleichternd mit welch lässiger Ironie unser Gast einwarf, «Wissen Sie, schon Ihr Name ist ja Garantie für Ruhm: Myriam Mehrgardt. Ist Ihnen mal aufgefallen, daß gleiche Anfangskonsonanten von Vorname und Nachname extrem häufig sind bei Berühmtheiten? Bertolt Brecht, Brigitte Bardot, Boris

Becker, Charles Chaplin, Marilyn Monroe, Gustaf Gründgens. Übrigens nie in der Politik.» Und wie «nebenbei», er ist schon ein raffinierter Blitzableiter, kam dieser Arzt auf die jüngst aufgedeckten Menschenversuche amerikanischer Mediziner zu sprechen. «Wenn ich mal auf ein anderes, vielleicht ernsteres Thema aus meinem beruflichen Umfeld kommen darf – haben Sie das verfolgt? Daß meine Herren US-Kollegen in Gefängnissen, Krankenhäusern, selbst am renommierten MIT noch Anfang der sechziger Jahre die Hoden von über hundert männlichen Patienten mit radioaktivem Material bestrahlten, daß werdenden Müttern in den fünfziger Jahren radioaktives Eisen eingespritzt wurde, daß Ende der vierziger Jahre 49 geistig behinderten Jungen zwischen 15 und 17 Jahren radioaktive Cornflakes zum Frühstück gegeben wurden? ‹Das einzige, woran ich denken konnte, war Nazi-Deutschland›, sagte neulich die amerikanische Energieministerin.»

Der Bursche ist wirklich interessant, hat einen politischen Kopf, scheint sich nicht vorzulügen, daß das alles geschehen sei im gelobten Land, um neue Medikamente zu entwickeln, sondern zum Studium potentieller Kriegskampfmittel. «Sehen Sie, Sie beide streiten über einen Beruf. Scheint mir harmlos, verglichen damit, wie man über meinen Beruf streiten kann. Meine Herren Kollegen der Nashville-Universität in Vanderbilt haben 800 Mütter während der Schwangerschaft mit radioaktivem Eisen behandelt – um dann festzustellen: Die Kinder erkrankten an Krebs.»

Ach, Myriam, laß dich lieber auf diesen Berliner Arzt ein und vergiß die Hosenträger oder die gepunktete Fliege eines Steptänzers.

1.3.

Immer, wenn es um Konkretes geht, ist Oliver «da», hilft, nimmt Anteil; es ist ein regelrechtes Vergnügen, auf diese Weise mit ihm zusammenzusein.

Seit Tagen nämlich bin ich aufgeregt – ich habe das Angebot einer Londoner Fernsehgesellschaft, eventuell die Ausstattung für eine dreiteilige biographische Dokumentation über Oscar Wilde zu übernehmen. Es wäre ein lukrativer Auftrag, und es stachelt meinen Ehrgeiz an. Außerdem lockt mich diese parfümierte Eleganz des Fin-de-siècle, die mondäne Übertriebenheit des Sarah-Bernhardt-Stils und der Makart-Salons, Diners bei Voisin, Soupers bei Paillard, Lunch im Café Royal, all diese Clubs und Luxushotels und Spielcasinos in Algier und Monte Carlo, zu denen der gräßliche Lord Douglas den armen Oscar Wilde verführte.

Oliver schleppt Bücher und Bildbände ran, die Briefe Oscar Wildes und eine dicke Biographie. Wir sitzen Abend für Abend und blättern in Dokumenten, wälzen Bücher, gestern Abend las Oliver mir aus diesem zugleich greinenden und grandiosen «De profundis»-Brief vor, den Wilde im Zuchthaus Reading an dies verwöhnte Bübchen schrieb und in dem er den Verkauf all seiner «hübschen Besitztümer» beklagt – Zeichnungen von Burne-Jones und Whistler, ein Monticelli, Porzellan, Widmungsexemplare von Verlaine, Whitman, Mallarmé oder Swinburne.

Ich weiß schon, daß ich mir Regie-Einfälle anmaße: aber Oscar Wildes Idee, Sarah Bernhardt als Salome durch ein Übermaß an Perlenschnüren, ins Kleid gewobene Diamanten und kostbare Gewänder zu einer entsexualisierten Jugendstilfigurine erstarren zu lassen, ist doch eine Art Handlungsführung durch Kostümbildnerei? Wenn ich sowas richtig machen soll, muß ich auch das Rätsel zu verstehen suchen, warum die in ihrer Liebe abgewiesene Salome den Stiefvater Herodes in ihrem Tanz so lange in Inzestfäden eingirrt, bis sie des ermordeten Jochanan – «ich liebe dich noch, ich hungere nach deinem Leib» – Kopf endlich hält, ihn endlich mit den schaurigen Worten «Es war ein bitterer Geschmack auf deinen Lippen» küssen darf. Ich will bei einer solchen Aufgabe nicht nur die beiden berühmten Moreau-Bilder nachdekorieren – ich will auch Oscar Wildes Ummünzen des eigenen Horrors vor Frauen in eine Figur nachvollziehen, die Kindfrau und «belle dame sans merçi» in einem ist. Bin sehr neugierig, ob ich mich mit dem Regisseur über derlei werde unterhalten können.

Wobei mich die fast gewitzt wirkende Koketterie verblüffte, mit der Oliver mich in seinem Dossier auf eine Stelle aufmerksam machte: derzufolge gilt als Quelle der biblischen Erzählung eine von Livius mitgeteilte Greueltat aus dem 2. Jahrhundert vor Christi, bei der ein römischer Konsul seinen Lustknaben mit dem Enthaupten eines Gefangenen amüsieren wollte! Wenn man das schaffen könnte, durch eine Haltung, ein Gewand, eine Frisur, eine winzige Geste dieses Gewebe aus Homoerotik, Frauenhaß, Ichverfallenheit und wahnhafter Lust anzudeuten.

Allein eines dieser Wilde-Häuser einzurichten würde mir Spaß machen, diese von Palmen dekorierte

Rentierswelt der Roben, Kutschen und Domestiken. Habe mich in dem Material festgelesen, wobei mich weniger die berühmten Sottisen amüsieren, als daß mich das schaurige Ende schockiert. Die Kläglichkeit dieses Prozesses – einerseits heute kaum noch vorstellbar, daß man jemandem vorschreibt beziehungsweise ihn anklagt, wo er seinen Schwanz hineinsteckt. Andererseits alles so schief und etwas klebrig – die billigen Absteigen, die 17jährigen Jungs, Kellner, Köche, Zeitungsausträger, die der feine Herr sich leistete, ohne Rücksicht auf kotverschmierte Betten (was dann Belastungsmaterial per Zimmermädchenaussage im Prozeß war).

In gewisser Weise war das auch ein politischer Prozeß, nicht nur, weil der Verhöhner einer Gesellschaft von eben dieser verstoßen wurde, sondern auch, weil er eine Art Klassensexualität aufdeckte. Der Gentleman und sein adliger Kumpan kauften sich diese unterbezahlten oder arbeitslosen Burschen, deren Namen sie schon beim Bezahlen vergessen hatten, kaum daß er in ein silbernes Zigarettenetui eingraviert worden war. «Anschließend Champagner-Souper bei Paillard.» Ziemlich widerlich. Auch das furchtbare Finale des alte Freunde in den Straßen von Paris um eine Tasse Kaffee anbettelnden Oscar Wilde. Der Eintänzer einer Epoche verreckte miserabel im unbezahlten Pariser Hotelzimmer, der Körper des Toten platzte, und schauderhaft stinkende Flüssigkeit rann aus Ohr, Mund, Nase, allen Öffnungen. Es gab ein «enterrement de 6ᵉ classe», einen billigen Sarg, einen schäbigen Leichenwagen. Das Ende eines Arbiter elegantiarum.

OLIVERS TAGEBUCH

3. 3.

Die letzte Woche das Archiv mißbraucht, um Myriam Material für einen Oscar-Wilde-TV-Film zu besorgen, dessen Ausstattung ihr vielleicht ein englischer Privatsender übertragen wird. Las Myriam viel aus Wildes Briefen vor, lange aus dem haßwinselnden an dies jahrelang von ihm luxuriös ausgehaltene Lord-Bürschlein. Wir fühlten uns so brav-bürgerlich, besser, höher, glücklicher.

Es ist wohl diese Kleinbürgerlichkeit, die meine Verständnislosigkeit vor solch Doppelleben nährt; ich meine nicht den Lord und die Strichjungen – ich meine diese «Liebe» zwischen Oscar Wilde und dem Lord Douglas, dem er Briefe im Tone von «Einzig geliebter Junge» ... «Deine zarten Rosenblatt-Lippen sind für den Rausch von Küssen geschaffen» schreibt und dem er zur selben Zeit irgendwelche Handwerkerjungs zuschanzt. Sie teilen sich die Knaben, sie steigen im selben Hotel mit getrennten Liebhabern ab, sie lassen sich vom Betreiber eines Männerbordells Stricher besorgen, und noch zu der widerlichen Zeugenaussage von den kotverschmierten Betten bemerkt Wilde, es sei nicht sein, sondern des jungen Lord Hotelzimmer gewesen.

Ich begreife solche Liebe nicht. Man kann doch nicht getrennt, mehrfach lieben, einteilen in verschiedene Partner? Wer ungebunden ist, mag à la carte leben, in einer modernen «Reigen»-Version – aber Amüsement neben einem festen Partner? Mir vollständig fremd. Natürlich, sehe ich hübsche Beine, eine gutgewachsene Frau in der U-Bahn, eine Nackenpartie, gibt es manchmal diesen kleinen «Schlag» wie neulich, als ich diese Ex-Liebe traf; ich muß mir eingestehen, daß mein Glas etwas schwappte und ich sogar alte Zärtlichkeit in mir spürte, als ein Brief von ihr in der maniriert-verschnörkelten Schrift kam, in der sie mir früher so zierlich wie eindeutig, so flackernd wie liebevoll geschrieben hatte – aber ich könnte neben Myriam keine andere Frau berühren. Sexualität findet im Kopf statt. Mein Kopf ist durch sie bieder geworden. Ich bin ganz einschichtig.

6. 3.

Die englische Produktionsfirma lädt zu einer Besprechung nach Paris ein. Kann Oliver überreden mitzukommen. Wir wollen eine Woche anhängen, gemeinsam die Stadt genießen. Obwohl sowas bei ihm stets Schwierigkeiten macht – oft weiß ich nicht: ist sein «Ich hab nicht so viele Urlaubstage» ein kleiner störrischer Neid auf meine Ungebundenheit, oder ist er wirklich in so einem Stechuhren-Korsett.

Eigentümlicher Auftakt: Wegen der Jugendstilabteilung wollte ich gleich am ersten Tag ins Musée d'Orsay. Im hinteren Teil des Museums gibt es eine Art Glasparkett, unter dem beleuchtet eine Maßstabsnachbildung des Opernviertels glitzert – man geht *über* dem Dach der Oper oder der Jugendstilkuppel der Galeries Lafayette statt *unter* ihnen; ein Gefühl des Schwebend-Schwindlig-Unheimlichen. Wofür ist das der Notenschlüssel?

Fand ausnahmsweise Olivers Gemecker nicht störend, sondern berechtigt – es gibt eine Art Kunstchauvinismus der Franzosen: die großartige Jugendstilabteilung zeigt Gallé, Majorelle usw., allenfalls noch einen der Brunnenknaben von Minne, aber nichts Englisches, kaum ein Stück von Tiffany oder Loetz, ein bißchen van de Velde. Auch viele sechstklassige französische Impressionisten sind gehängt, aber nicht ein einziger Liebermann; ein alberner Schinken, «Die Schmiede» von Fernand Comon, aber kein Menzel.

Korrekterweise will ich hier per Einschub einen Einwand unserer Pariser Freunde festhalten, den sie mir einige Tage später, als ich davon erzählte, entgegenhielten: das treffe mehr zu für das zentralistische Paris, die Provinz sei aufgeschlossener, in St. Etienne gäbe es zum Beispiel ein Museum mit Richter, Penk und Baselitz. «Um so schlimmer», habe ich frech geantwortet. Aber ich werde mir davon nicht die Laune verderben lassen, merke bei Oliver eine «spanische Gekränktheit», wenn er murrt, «Picasso ist hier Franzose».

Abends finde ich im Hotel eine Nachricht vor, der Berliner Arzt bittet um meinen Rückruf, hat die Telefonnummer des Hotels offenbar von meinem Anrufbeantworter.

OLIVERS TAGEBUCH

7. 3.

Der zweite Tag in Paris. Man kann die Stadt hassen und lieben, sie ist voller Wunder und Ärgernisse. Die Wunder können gemalt sein wie Monets acht Seerosenbilder in der Orangerie, die er der Republik zum Waffenstillstand 1918 schenkte und an deren schaukelndem Wasserlicht ich mich nicht satt sehen kann – und sie können leben wie die französische Managerin in diesem englischen Fernsehprojekt, zu der Myriam mich mitnahm. Eine abenteuerliche Dynamit-Lady (ich habe sie «die Naturkatastrophe» getauft), die in der Bar eines kleinen Hotels unweit vom Jardin du Luxembourg residiert; man sagt, die ganze Bar sei ihr zuliebe umgestaltet worden, nach ihrem Gusto eingerichtet, beleuchtet. Hier thront diese Françoise, «encore une coupe de Champagne» ist ihr Schlachtruf, mit dem sie einen Pressechef begrüßt, eine Maskenbildnerin verabschiedet, uns einen der drei Scriptwriter vorstellt, während sie sich bereits mit der «PR-Ziege» – wie sie sie hinterher nennt – streitet. Übersetzer, Museumsleute, ein Kameramann – es ist bereits eine kleine Hauptprobe, bevor irgendwas in Sachen Inszenierung feststeht.

Es ist dieselbe Unersättlichkeit – das gehört zu den Ärgernissen –, mit der die Stadt sich auch selber auffrißt, an sich selber erstickt: zu viele Menschen, zuviel Lärm, zu viele Autos, verpestete Luft, keine Taxis zu den Zeiten, zu denen man Taxis braucht (abends und nachts), die Métro ab ein Uhr früh geschlossen – ich habe gestern nacht in eisiger Kälte an der Oper eineinhalb Stunden in einer Schlange von 200 Menschen auf ein Taxi gewartet. Alles extremer als bei uns.

Moskau an der Seine. Bald kann ich das Wort «Auto» nicht mehr hören – alle unsere Verabredungen beginnen mit «Verkehr zusammengebrochen», «Auto aufgebrochen», «keinen Parkplatz gefunden», «Garage geschlossen», «Stau», «Auto abgeschleppt». Ein Dauerthema in Paris.

MYRIAMS TAGEBUCH

7. 3.

Habe Oliver noch gar nicht erzählt, daß morgen der Augenarzt nach Paris kommt. Wieso nicht? «So ein Zufall», hatte er am Telefon gesagt, «ich muß zu einem Kongreß nach Paris, da sehen wir uns vielleicht?» Werde für morgen abend einen Tisch in einem kleinen Fischrestaurant am Boulevard Montparnasse bestellen.

8. 3.

Das Spiel der kleinen Pariser Inszenierungen geht weiter. Gestern abend wars besonders burlesk. Zu Myriams Entsetzen ist meine komische Kusine aufgetaucht, die schon ein paar Wochen hier ist und von Bekannten gehört hatte, daß wir in der Stadt sind. Myriam mag sie, glaube ich, nicht und erklärte fast patzig – als würde der mich stören –, «da können wir ja gleich das ganze Lokal mieten, bei mir hat sich nämlich dieser Arzt aus Berlin gemeldet, offenbar ist eine Sternfahrt nach Paris im Gange, ich wollte, daß wir mit ihm essen gehen». Als sei es nun wichtig, ob wir zu dritt oder viert an einem Tisch sitzen. Diesmal ärgerte er mich anfangs mit einer flapsigen Bemerkung, «Ach, Sie wohnen im Hotel Lutétia, wo die Gestapo ihr Hauptquartier hatte?». Glücklicherweise ließ mich mein Archivgehirn nicht im Stich, so konnte ich zurückgeben, «Aber vorher war es Zentrum der deutschen Emigranten, Heinrich Mann wohnte dort und Willy Brandt, es gab sogar einen regelrechten ‹Lutétia-Kreis›».

Ganz verändert meine sonst etwas aufgedrehte Kusine, die Paris anscheinend wie einen Rückspiegel benutzt und nicht nur mit Myriams Besuch flirtete, sondern statt von Cocktails oder Vernissagen von ihrer Kindheit erzählte, von alten hochbeinigen Taxis, dunkelgrün mit schwarzgelbem Band, Klappstühle im Fond und vorne neben dem Fahrer ein mächtiger Klack-Klack-Taxameter mit verstellbarem Metallfähnchen. Ich merkte, wie Myriam diese Collage aus Boulevard Montparnasse und Berlin Stettiner Bahnhof genoß, aus Loup-de-Mer und fauchender Lokomotive, aus Weinkarte und «E pericoloso sporgersi» auf dem kleinen Emailleschild unterm Abteilfenster, das man noch öffnen konnte zum Winken. Es war rührend, wie diese ziemlich aufgedonnerte Frau von Anfang 60 sich an giftig-grüne Lutschstangen erinnerte, an «Glabberjucks» genannten Oetker-Pudding aus grüner oder himbeerfarbener Gelatine oder an den Sandalenkauf bei Salamander, wo man die Füße in einen braunen Blechkasten steckte und oben reinguckte, um zu sehen, ob die Schuhe passen.

Ich wußte gar nicht, daß sie so plastisch schildern kann, so bildhaft. Ihr abgeschabter Teddybär «Ursel Liselotte» mit dem Steifknopf im Ohr saß mit am Tisch, man schmeckte das hartgekochte Ei mit Salz aus einem Tütchen auf der Bahnfahrt in die Ostsee-Ferien – «Fischerskaten hieß das Nest, man fuhr das letzte Stück mit einer Bimmelbahn durch Kiefernwälder, bis man die See roch» –, und man roch auch die «Stulle» mit der dünnen Scheibe Cervelatwurst in Butterbrotpapier oder den Pfirsich, der sich nicht pellen ließ. Wir haben sehr gelacht, es war ein so leichter, beschwingter Abend, als striche der Wind über die Birken und Fichten und Kiefern, von denen dieser runzlige Backfisch schwärmte, und als der Kellner kam, stand ihr Emil Cibulla, den sie immer Tadeusz genannt hatten, vor uns mit einer Schirmmütze «Hotel Seeblick».

9. 3.

Wackelbeine nach einem Spiegelkabinett-Abend; wohl auch zuviel roter Sancerre. Oliver hatte doch diese Schnepfe angeschleppt, seine Kusine, die ausgerechnet jetzt ein paar Wochen in Paris ist, dabei hatte ich mich auf den Arzt gefreut. Zu meiner Überraschung war sie dieses Mal aber ganz nett und geistreich, ein lebender Dokumentarfilm. Dennoch war ich irgendwie eifersüchtig, weil sie mit ihren Erzählungen von Anno dunnemals die Runde beherrschte. Mir war, als nähme sie mir etwas weg, indem sie den Georg – «Nennen Sie mich einfach Georg» sagte er ihr für meinen Geschmack zu rasch – so okkupierte. Ganz deutlich wollte er auf sie eingehen, aber auch auf Oliver, als er nach dem Essen zu einem Drink in die Bar der «Closerie des Lilas» einlud. «Denken Sie, Freunde des Journalisten Jean-Paul Aron, der sein Sterben an AIDS öffentlich gemacht hatte, haben dieses sein Lieblingsrestaurant gemietet und hier seinen Tod gefeiert.»

Dieser Dr. Georg hat ein diffuses, unspezifisches erotisches Fluidum, auf zappelnde Weise hing ich in seinem Netz, das er so weit auswarf – ich wußte nicht, nach wem. Sprach er mehr zu Oliver, wenn er behaglich an seiner Pfeife ziehend die wohltuende Unaufgeregtheit der Pariser «auch in puncto puncti» lobte? Er kenne einen in Paris lebenden amerikanischen Romancier, der in Fernsehdiskussionen oder Interviews ganz zwanglos das Gespräch «Ich als Homosexueller» eröffne. Es sei hier mehr Desinteresse aus Bürgerlichkeit als hochmeinende Emanzipation. Keine Spitzmündchen und vielsagenden, augenzwinkernden Andeutungen. Niemand habe nach Michel Foucaults Tod ein Geheimnis daraus gemacht, daß dieser jahrelang in den schwulen Kneipen von San Fancisco mit seinem Körper in Folterorgien und Unterwerfungsexzessen geradezu experimentiert habe und daß er an AIDS gestorben sei, niemand – «Copi est au ciel», hieß eine liebevolle Nachruf-Überschrift des «Nouvelle Observateur» –, daß der beliebte Cartoonist Copi, Theaterautor und Romancier, mit 48 Jahren ebenfalls daran gestorben sei. In den Nachrufen auf Marguerite Yourcenar – übrigens überall auf Seite 1 der Zeitungen – sei ihr Leben mit der Freundin und Mitarbeiterin Grace Frick so sachlich erwähnt worden wie ihr amerikanischer Paß oder ihr belgischer Geburtsname de Crayencour. Die Kritiker der großen García-Lorca-Biographie von Jan Gibson hätten sich allenfalls darüber amüsiert, daß der Biograph der Homosexualität von Lorca – und seiner Affäre mit Dalí – soviel Raum einräume, weil einem das schließlich bekannt sei.

Man will nicht wissen, was Leute «nebenan» machen. Mit derselben Gleichgültigkeit, mit der kein Mensch in Paris einem je bei der Suche nach einer Straße, einer Hausnummer behilflich sei – und sei es um die Ecke –, würde das Intimleben der Nachbarn behandelt. Das sei ohne Neugier und ohne Urteil. Der eine liebe halt Burgunder, der andere Bordeaux. Die permissive Toleranz.

Die Schnepfe war hingerissen. Vor Jahren, erinnerte sie sich, wurde für eine spanische Gemäldeausstellung im Petit Palais mit einem Plakat geworben, «La

Femme à Barbe», Abbildung eines Gemäldes aus dem 17. Jahrhundert mit zwei bärtigen Männern als Paar, der eine säugt mit entblößter Brust ein Baby, «als sei es ihr Baby», kicherte sie. Ich wußte gar nicht, daß der gebildete Dr. Georg offenbar schon oft in Paris gewesen ist, es so gut kennt, so nonchalant charakterisieren kann, und daß er so ein Menschenfischer ist; denn in dieser Bar-Nacht hatte er uns alle drei an der Angel, deren Köder er gemischt hatte aus gelassener Bosheit, Beobachtungsgabe, Erfahrung und Selbstironie. Kenne meinen Ort nicht in diesem Gespinst, in dem Oliver leicht jieprig zappelte und die sonst grobe Kusine so kuhig äste. Bin fasziniert-abgestoßen, auch ein bißchen verärgert, daß er sich so intensiv um die beiden kümmerte.

10. 3.

Ein Nachtrag, um mich zu korrigieren. Da nachts lange wach mit meinem dröhnenden Sancerre-Kopf, lief der Film dieses Pariser Abends mit seiner skurrilen Besetzung durch mein Gehirn. Da schien mir plötzlich, als habe dieser Georg doch eine Angel nur für mich ausgeworfen, indem er scheinbar auf die Kindheits- und Ostseeerlebnisse von Olivers Kusine einging.

Er erzählte nämlich von einer Polenreise, die er vor Jahren gemacht habe – «Das ist doch heute Polen, Ihr Badeort, nicht wahr?» –, und wie ihm Danzig als Menetekel erschienen sei. «Als ragte eine Hand im Spitzenhandschuh aus einer Gruft – so stehen ein paar kunstvoll genau wieder aufgebaute alte Straßen in einer Wüste. Und das Schlurfelend der ständig irgendwo nach irgend etwas anstehenden Hausfrauen, die schon mittags Betrunkenen, das ‹Kaugummi›- oder ‹Kugelschreiber›-Flüstern der herumstreunenden Kinder, das ewige ‹Heute nein Fleisch›, ‹kein Käse jetzt› der Kellner und der Hotelhallendauerton, ‹Vielleicht, mechten bitte tauschen Geld›: Entschuldigen Sie, aber es war ein Alp. Die Deutschen kamen da nun in Mercedes-Bussen und BMW-Limousinen aus ihrem 36-Sorten-Salami-Paradies KaDeWe zur Stippvisite. Aber wer war denn über dieses Land hergefallen, wer hat es verwüstet, die Städte mit Stumpf und Stiel ausgerottet, Menschen zu Hunderttausenden ermordet?»

Mir hat dieser späte, leicht alkoholisierte Ausbruch gefallen, und ich weiß nicht, warum ich den Eindruck hatte: Nur zum Schein hatte er sich an die Kusine und den ihm heftig mit Plinkerblicken applaudierenden Oliver gewandt. Gemeint hat er mich. Es galt mir.

Zumal dieser seltsame Mann Tonlage und Stimmung wechselt wie ein Schauspieler. Als wir weit nach Mitternacht durchs nun schweigende Paris gingen und er aus dem Boulevard Raspail die riesige Wanderdüne von Leba unweit von Kolberg hervorzauberte, durch die Vorfrühlingsnacht von Paris die leichten Seidenschleier aus hauchfeinem weißem Sand ziehen ließ und die Geräusche der sich zum Schlaf legenden grauen Steinstadt dirigierte zu Brandungsrauschen und Wind im Dünenhaar, dessen dünne scharfe Sicheln schirren und flüstern. Dieser Augenarzt ist ein Künstler, ein Hexer, ein Dompteur, ein Fremder, der in seine Fremde lockt.

11. 3.

Ich «räche» mich an Myriam, die oft so verständnislos tut (?), wenn ich herummosere, «Du kennst das eben nicht, genau abgezählte Urlaubstage *und* eine knappe Kasse»; ich nehme mir Zeit für die Stadt, während sie in Sitzungen und Planungskonferenzen schmort. Schöne verkehrte Welt: ich bummle, sie muß morgens mit dem Aktenkoffer aus dem Hotel.

Dabei frage ich mich, ob nicht auch diese Tagebuchschreiberei eine «Rache» ist (Rache für was?), ein kleiner Betrugswinkel. Sie hat es ja wieder perfekt arrangiert, dieses kleine zweite Zimmer für mich mit Verbindungstür, immer ein winziger Moment der erotischen Spannung und Überraschung, wenn ich nachts zu ihr komme, sie dort «entdecke», und ich mich zugleich an dies Hotel-Wackeltischchen zu meinen Notizen flüchten kann. Wobei mir die sonderbaren Sätze aus einem Buch ins Gedächtnis kommen, das ich neulich im Archiv exzerpieren mußte: daß Wörter die Dinge einsperren, sie mit einer starren, gläsernen Schicht überziehen, wie eine Libelle, die, seit Jahrhunderten in einem Stein eingeschlossen, noch immer aussieht wie eine Libelle, jedoch keine Libelle mehr ist. Es ist schön, mit Myriam in Paris, die Stadt setzt mir viele kleine Flämmchen auf, und sie tanzen nachts, wenn ich in ihr Zimmer hinüberschleiche, über ihre Haut, durch ihr Haar. Und dennoch gelegentlich dieser Gedanke wie ein Riß: sind wir einander keine Libelle mehr? Warum nehme ich Myriam in Gegenwart anderer immer wieder «hoch» und schnurre mich hinterher ganz weich in ihr zusammen? Bin ich die Frau (im Nebenzimmer), weil in der Rolle des beruflich und finanziell Unterlegenen? Fühle ich mich unangemessen, ein Archiv-Kennedy, der damals bei seinem de-Gaulle-Besuch sagte, «Bon jour Monsieur – ich bin der Mann von Jacqueline Kennedy?».

Vielleicht drehe ich die Stadt deswegen «um», eine Art Degen gegen sie; meine «lateinische» Stadt, in der es alles mit uns begann und in die ich sie noch immer, immer wieder wie in eine schmeichelnde Mantilla hüllen möchte. Ein norddeutscher Spanier spaziert mit alten Erinnerungen umher, die er wie vergilbte Fotos mit heutigen Momentaufnahmen vergleicht.

Der Individualismus der Franzosen zum Beispiel spielt die schönsten wie lästigsten Spielchen. Geraucht wird nach wie vor immer und überall. Die Terrassen-Cafés – ob das Flore, Deux Magots oder Rostand, auch das feine Fouquet's – stinken (selbst für einen Raucher wie mich) wie überdimensionierte Aschenbecher; der Pfeifenqualm vom Nachbartisch in der «Coupole» zieht ganz selbstverständlich über die Austern. Das Spiel aus starren Regeln und lässigen Regelverstößen ist schwer zu lernen. Die Mittagsmahlzeit ist heilig, «La France déjeune» – das sind die zwei Stunden, wo im Land die Autostraßen leer und die Ortschaften ausgestorben sind. Eine Türaufschrift «Tirez» scheint jeden Franzosen zur Weißglut zu reizen, ob bei Dior oder in der Métro: Er rüttelt, bis er sie auf*stoßen* kann.

Die Métro ist der rasiermesserscharfe Schnitt durch die französische (die Pariser?) Gesellschaft. Auch in der Rushhour denkt – genau wie bei uns – kein

Mensch daran, in die Wagenmitte durchzurücken. «Ich bin drin, hier stehe ich, was gehen mich die anderen an.» Die Gesichter der Menschen hängen auf den Bahnsteigen an den Grins-Fäden eines Magnetstrahls – der überall laufenden Videogeräte; eine manipulierte Masse. Aber Gebote / Verbote mißachtet man: In fast jedem Waggon, unter dem Schild «Lärmen und Musizieren verboten» steht mit elektroverstärkter Gitarre ein Junge und entlockt dem Ding dröhnende Klänge; sein Mädchen daneben kreischt ohrenbetäubend. Niemand scheint es zu hören, wie niemand die Bettler zu sehen scheint. Die Métrostationen sind mit ihrem Angebot von Ananas und Avocados, Strohpüppchen und Stofftierchen, Blumen und Schals nicht nur ein Riesenmarkt, an dessen Düften und Tönen sich auch ein Blinder beim Umsteigen orientieren könnte: Concorde –, wo aus dem Synthesizer wehe Klänge zittern, Tag für Tag dieselbe Tonfolge, geht's Richtung Mairie d'Issy, und wo es in Châtelet nach faulen Bananen riecht, links Richtung Porte de Clignancourt. Die Métro bietet auch eine Reise durch die Herr-und-Knecht-Gesellschaft: Beim Einsteigen in Aubervilliers bin ich der einzige Weiße im ganzen Zug, beim Umsteigen am Palais Royal oder Etoile wundert mich nur, daß den Blaufuchs- und Schwarzzobel-Damen, die ihre Lackschühchen auf die Rolltreppe wie auf das Trittbrett eines Rolls-Royce setzen, nicht ein livrierter Diener die Tür zur 1. Klasse aufhält.

Höfisches Zeremoniell und Anarchie liegen haarscharf nebeneinander. Als ich beobachtete, wie «Mimi» – diesen Katzenkosenamen haben sie Mitterrand gegeben – von der Arbeit nach Hause fährt, also mit Tatütata, weißen Mäusen und Blaulicht nachmittags das Elysée verläßt und auf reservierten Bahnen zu seiner Wohnung in einem normalbürgerlichen Haus unweit des Seine-Ufers braust, wundert mich der Untertanenrespekt vor dieser royalistischen Anmaßung. Ebenso ecke ich bei Freunden mit meinem Ärger an, daß keine Telefonzelle funktioniert, «Aber von einer Zelle telefoniert auch niemand, das versuchen nur Ausländer, die sind alle kaputt, das weiß man doch; man geht in ein Café, bestellt gemütlich ein Glas – und telefoniert dort.» Die königstreue Anarchie.

II. 3.

Dennoch gut, daß wir uns diese Tage in Paris gönnen. Die Stadt bläst Unbekümmertheit in mich hinein, weckt meinen Spieltrieb und macht mich Form-lüstern, was Myriam besonders gut gefällt – ob ich auf eine Terrassenwohnung gegenüber dem Musée Rodin deute, «Wär' das nicht was für uns?» oder wir mit ihren komischen Freunden zusammen den ehemaligen Landsitz von Alexandre Dumas draußen an der Seine ansehen, der jetzt als Museum eingerichtet ist.

Allein diese Freunde von Myriam – ich erinnere mich noch an einen Besuch von ihnen vor Jahren, wo sie beide in kimonoähnlichen gleichgemusterten Morgenröcken durch die Wohnung schwebten, die mit flammenden Blumen und flatternden Vögeln und bunten Schmetterlingen in Grün, Gelb und Orange bestickt waren. Sie sind seit mehr als 20 Jahren verheiratet, er ist Amerikaner, der für Blätter wie «House and

Garden» oder «Vogue» aus Paris berichtet und noch immer einen dicken amerikanischen Akzent hat. Noori ist eine in Paris geborene «Halb-Inderin» (der Vater war Inder), bildschön, träge, zickig, gebildet und oft grotesk kapriziös. Ein schmales hochmütiges Ausrufezeichen, steht sie in ihren stets engen dunklen Kleidern und mit dem üppigen, leicht kupfern schimmernden Haar unübersehbar bei Pariser Premieren oder Vernissagen – die beide in Wahrheit oft des Buffets wegen besuchen. Denn lieber kocht sie Reste vom Vortag zum dritten Mal mit scharfen indischen Gewürzen um, als den Gedanken an Arbeit zu fassen. Eine skurrile Person – ihr Herz schlägt für die Arbeiterklasse, aber gearbeitet hat sie nie. Dieses Jahr ist Kuba ihr Ideal, da es die Sowjetunion und die DDR nicht mehr gibt, «da fahre ich nie mehr hin, zu diesen Leuten, die sich für Bananen verkauft haben».

Das sagte sie gestern abend, als wir zu sechst – mit meiner flotten Kusine und dem netten Arzt – im «Bœuf sur le Toit» waren, der Ami hatte uns alle eingeladen, bemerkte aber ziemlich pampig, «völlig idiotisch», als Myriam ein Glas Champagner bestellte. Das ist das Ulkige an diesem Paar, sie haben Maximen wie meine Kusine, nur etwas poliertere. Wenn es bei der heißt, «Kartoffeln quetscht man nicht mit der Gabel» oder «Wenn es regnet, stellt man sich unter», weiß Harold genau, daß die «Bügelfalten» – so nennt er die provinziell feingemachten Deutschen – keine Ahnung vom Essen haben, wer sein Steak nicht blutig ißt, ist ein Barbar. Ähnlich Noori – bei dem Besuch damals, ich erinnere mich noch an Myriams Gesichtsausdruck, rügte sie ungefragt und ungeniert, «Auch gefälschte

Sachen stellt man nicht in die Mitte, man stellt überhaupt nie etwas in die Mitte», und rückte eine kleine präkolumbianische Figur an den Rand des Kamin-Sims. Mit derselben heroischen Naivität hörte sie zu, stumm-abweisend, als der Arzt ihr etwas über Berliner Verhältnisse, die Mauer, in der DDR verbotene Filme, Bücher, Theater-Inszenierungen erzählte, und antwortete schlichtweg nicht auf seine Frage, «Apropos Kuba – wie würden Sie reagieren, wenn man Sie aus Frankreich nicht ausreisen ließe, wenn Sie am Kiosk verhaftet würden, weil sie eine ausländische Zeitung kaufen?» «Er ist rührend», flüsterte sie Harold herablassend zu, als der Arzt pinkeln ging.

12. 3.

Meine Freunde sind ein eigenes Kammerspiel, gute Besetzung für ein Stück von Neil Simon oder für «Ginger und Fred». Gegenüber Noori bin ich etwas voreingenommen, vielleicht auch ein wenig scheelsüchtig auf sie. Sie sieht wirklich wunderbar aus, am schönsten das Haar mit diesem metallischen Schimmer, ich glaube, nicht mal gefärbt. Ich weiß, daß beide mit sehr wenig Geld auskommen müssen und Nooris «Marke» – immer streng, dunkel, ohne modische Attitüde gekleidet und kaum Schmuck – sich mehr Sparsamkeit als Raffinement verdankt. Ein kleiner Zug von Arroganz in ihrem Gesicht wird vielleicht durch die große schwarze Warze links an der Oberlippe verstärkt, stark behaart – ein mokanter Tupfer von schrägem Bart. Harold wirkt weicher, ist neuerdings ein wenig aufgeschwemmt unter den Augen, der grau werdende Bart wie von Motten zerfressen läßt ihn tapsig aussehen, aber gibt auch jenes Gemütlichkeitsflair von «ist mir doch wurscht», mit dem er sich über gewaschene Limousinen, Fußabtreter oder Cashmere-Jacketts lustig macht; sehr ostküstenamerikanisch auch über sich selber – wenn er von homosexuellen Abenteuern erzählt, bei denen man nie genau erfährt, ob sie wirklich nur vor seiner Ehe genossen wurden. «Es gab halt eine Zeit, da *konnte* man in New York gar nicht anders, als schwul zu leben, man wurde zig Mal auf der Straße angesprochen.»

Sie streiten beide unentwegt – über den zu teuren

Lachs als Vorspeise, das Menü sei sowieso besser und billiger, über wegen eines Arzttermins verfallene Opernkarten, über den Me'nade oder Beo genannten rabenhaften Vogel von ihr, der auf mysteriöse Weise in seinem Vogelkäfig auf dem Balkon verunglückt sei, ob es sich wohl um eine Rache der verrückten Sängerin von nebenan gehandelt habe, jedenfalls mußten sie (die Geschichte hatte ich schon gehört) mit einem an beiden Beinen geschienten Vogel im Käfig per Zug nach Mailand, wo in der Scala Montserrat Caballé sang – so geht das von einer Wundersamkeit zur anderen.

Oft ist mir nicht klar, ist ihnen bewußt, daß sie Rollen spielen, oder meinen sie dieses Grotesk-Theater ernst. Eben noch wollen sie sich, verbal, fast umbringen, er habe den kranken von den beiden Mini-Möpsen zum falschen Tierarzt gebracht, sie habe – «Stellen Sie sich vor, es war der erste Teller, den sie mir vor 30 Jahren geschenkt hat» – irgend etwas vor Wut zerschlagen, da heißt es, «Aber wir können doch nicht wegen des kranken Viehs eine so amüsante Einladung absagen». Als der Hund dann tot war und sie am nächsten Morgen das Körbchen schon weggeräumt hatte, fauchte er wiederum, «Du bist wie meine Stiefmutter in Boston, die am Morgen nach dem Tod meines Vaters seine Haarbürste aus dem Bad entfernte». Am nächsten Tag flanieren sie über eine Antiquitätenmesse für kostbare alte Papiere.

Manchmal denke ich, diese beiden Menschen haben eine Achse, um die sie sich drehen, geölt mit dem Wort «amüsant» und die Speichen dekoriert mit Täßchen aus dem Drouout, Reproduktionen von Caillebotte-Bildern und Biedermeierpuppen – aber sie haben, weil so vollkommen außengesteuert, keinen Mittelpunkt des Lebens. Dann scheint mir wieder, ich tue ihnen bitter unrecht, mein Gehirn hat einen provinziellen Faltenrock an, ich bin eine tapsige Biederkuh und sehe nicht den Unterschied zwischen ungewichtig und anderem Gewicht. Etwa die ganz unerhörte Freude über mein kleines, fast schäbiges Mitbringsel – ein sogar schlecht gedruckter Katalog der Tiergemälde von Oudry aus dem Schweriner Museum – war regelrecht rührend: zwei Menschen, in Kunst vernarrt. Und als vor zwei Tagen, im Restaurant, Oliver sich wieder über meinen «Künstler-Tick» mokierte, war Noori nicht etwa nur Weiber-solidarisch, auch sie kränkten seine Bildungslücken. Als wolle sie ihm ein Lasso um den Hals werfen, spielte sie mit ihrem Armreif aus schwarzem Elefantenhaar, das von einem dünnen Silberfaden durchzogen ist: «Es hört sich wirklich an, als hätten Sie noch nie den Namen Bérain gehört, der Ende des 17. Jahrhunderts Kostüme und Festdekorationen für königliche Feste entwarf, oder den seines Zeitgenossen Saint-Aubin, von dem allein 30 000 Stickereientwürfe erhalten sind; das sind heute gesuchte und teure Museumsexponate, wie in unserem Jahrhundert die Arbeiten von Paul Iribe oder Léon Bakst, der schließlich – wichtigster Ausstatter von Dhiagilews ‹Ballets Russes› – als epochemachender Kostümentwerfer der Neuzeit gilt und von dessen phantastischen Bühnenbildern und Kostümen man weiß, daß sie die Choreographien wesentlich prägten. So was ist doch nicht kunstgewerblicher Zierat.

Wenn Sie das denken, tun Sie Myriam unrecht. Ich finde, Sie kränken sie. Sie leben doch in Deutschland, da müssen Sie doch diese Kostümbildnerin kennen, ich habe jetzt den Namen vergessen, die Patrice Chéreaus Film ‹La Reine Margot› ausgestattet hat; die hat ja viel in Berlin gearbeitet, für Peter Stein, Robert Wilson, Klaus Michael Grüber – ich habe gerade ein hochinteressantes Interview mit ihr gelesen. Chéreau hätte den Film ohne ihre Arbeit, ohne ihre Idee, Renaissancekostüme nicht getreu nach Vorbildern zu entwerfen, sondern nach den erfundenen Kleidern der Heiligen auf den Bildern von Zurbarán – ohne diese Idee hätte Chéreau seinen Film so nicht drehen können. So eine Arbeit kann man doch nicht etwa abtun, als sei es das Röckehochstecken einer Modistin.»

Eigenartigerweise – sonst ist er gerade bei diesem Thema oft so frech – schwieg Oliver; wollte er mich damit ein wenig um Verzeihung bitten?

Am besten gefiel mir die Reaktion unseres Berliner Gastes, der das indische Plädoyer samt der wahrlich übertriebenen Vergleiche sichtlich genoß, obwohl er sich vorher ebenso sichtlich über Nooris politische Mätzchen und Harolds geschmäcklerische Hämischkeiten geärgert hatte. Was ich teile. Dieses ewige «Was, Sie wissen nicht …?» – und dann kommt, daß in diesem Haus in der rue de Picpus Saint-Just 1786 auf Verlangen seiner Mutter, die er bestohlen hatte, eingesperrt worden war und daß Molière auf dem Friedhof Saint-Joseph beerdigt wurde, der zur Parochie Saint-Eustache gehörte, und zwar am 21. Februar 1673 um 9 Uhr abends, und daß der surrealistische chilenische Maler Matta im alten Stadtpalais von Condorcet wohne …; das ist schon schwer erträglich, eine Suppenabschmeck-Attitüde, die die beiden wohl für «sehr pariserisch» halten und die doch etwas vom Samt-Glattstreichen bestimmter Antiquitätenhändler hat, die einem ein Marcel-Breuer-Möbel zeigen und dann «Bauhaus» hinzufügen. Dann ist Harold wieder auf angenehm verblüffende Weise intelligent, wenn er etwa erklärt, «Sie dürfen nie vergessen, die französische Kultur ist grundlegend anders als die amerikanische, ja auch die englische und italienische – sie läßt den kindlichen Geist nicht zu. Der Franzose ist ein Wesen der Gesellschaft und des Salons, denkt stets unter dem Blick der anderen, überwacht sich, indem er beobachtet. Er ist als Erwachsener auf die Welt gekommen.» Bißchen belehrend, aber klug.

Bei Noori hat das auch immer etwas Tückisches, während Harold gutmütiger und direkter ist. «Ihre beiden Herren hätten mir früher auch gefallen», sagte er, als bestelle er einen Nachtisch. Bin ich rot geworden?

12. 3.

Hätte fast vergessen zu notieren, daß mich auf verzwackte Weise Harolds kleine Schwulheiten amüsieren. Er ist nie grob oder anzüglich, es ist mehr ein Augenzwinkern, eine Männerkumpanei, ein Züngeln und Zündeln. Komisch, daß ich Gefallen daran habe, auch, wie er mich und den Berliner Arzt quasi zusammenspannt, «Ihre beiden Männer», sagte er zu Myriam, und eigentlich hätte ich doch protestieren müssen oder auch er oder sie. Es klang aber, als habe man mit Weingläsern angestoßen. Harold ist kein bißchen preziös; daß er in jungen Jahren Männerbekanntschaften hatte, erzählt er so beiläufig wie «damals trug man die Hosen unten weit». Ob er nicht doch noch so ein paar Hosen im Schrank hat? Aber vielleicht bin ich auch wieder Opfer meiner blödsinnigen Neigung, alles zu verdeutlichen – jedenfalls schien mir, als ordneten sich am Tisch kleine Feilspäne zu hauchdünnen Magnetbahnen: vom Zahnarzt zu Noori, von mir zu ihm und zurücklaufend zu Myriam.

Zwischendurch zischte es auch. Harold erzählte von jetzt erst publizierten Aufzeichnungen eines offenbar jung verstorbenen russischen Schwulen, der zu Lebzeiten nur im Samisdat veröffentlichen konnte, Geschichten von einer behaglich-lüsternen Komik. Geschichten eines homosexuellen Casanova aus der Moskauer Vorstadt, dem sein erster Liebhaber sagte, «Du hast wirklich einen wie ein kleiner Hengst» und ihn dann auf Bahnhofstoiletten schickte, wo er sein

Ding durch ein Loch in der Wand gesteckt hatte und es nicht wieder rausbekam. Harold wußte einige Sätze von so kindlicher Laszivität auswendig, daß sie mich prickelten – «Lieber schlafe ich mit Mädchen, die wickeln sich ganz fest um einen rum» –, und zugleich schwärmerische von einem Maler, dem er in Kirow Modell gestanden hatte, «Er hat mich so wunderbar gewichst, wie noch nie jemand, mehr so, daß ich es genießen sollte».

Zu meiner Verblüffung, aber für ihn wohl sehr typisch, explodierte der Berliner: «Ich hoffe, Sie kennen dann auch die jüngsten Aktenfunde, aus denen hervorgeht, wie unter dem Motto ‹Vernichten wir die Homosexualität› Zigtausende von Schwulen in den sowjetischen Lagern verschwanden, wo sie unter entsetzlichen Foltern, dutzendfachen und nächtelangen Vergewaltigungen dahinvegetierten. Die Drangsalierung und Ermordung sowjetischer Homosexueller ist eines der dunkelsten Kapitel. Es heißt, sie geht auf persönliche Intervention Gorkis bei Stalin zurück, nachdem sein Adoptivsohn von einem Schwulen verführt worden sein soll.»

Der Abschluß des Abends in einer kleinen Bar gab mir recht, ich täusche mich nicht über diese verworrenen kleinen Magnetschleifen. Es war eine Kneipe, in der deutlich junge Männer überwogen, und als der Herr Doktor mit Myriam tanzte, war er und nicht etwa sie Mittelpunkt der Aufmerksamkeit, ein paar seiner gewagten Tanzfiguren wurde sogar applaudiert mit leisem, genießerischem Anerkennen; auffällig, wie Harold – er mochte nicht tanzen und hatte den Arm um Nooris Schulter gelegt, es wirkte mehr besitzerhaft als zärtlich, wie auf eine Sofalehne gestützt – mit den Augen dünne Fäden spann zwischen Myriams Tänzer und mir. Ein erotischer Hedonist, flüsterte mir Noori zu.

13. 3.

Der Herr Doktor aus Berlin zum ersten Mal unsympathisch, scharf, etwas geifernd eine Art Kollektivschuldthese für die DDR vortragend. Mir schien richtig, was er über Drangsalierung, Verbote und oft genug genußvoll ausgeübte Schikanen sagte – aber es ist nicht die ganze Wahrheit. Während des langen Streits gingen meine Gedanken spazieren: War nicht der Begriff Arbeit zum Beispiel in den zwei Deutschländern ganz unterschiedlich besetzt? Ich habe ja etwas Erfahrung mit Film- und Fernsehleuten, die früher «drüben» gearbeitet haben, und mir fiel das ein, als Dagmar neulich mein liebevoll vorbereitetes Essen knapp eine Stunde vorher absagte – sie müsse sich, und das verstünde ich doch bestimmt, mit irgendwelchen Bossen der Firma ihrer Mutter treffen; denen vielleicht abzusagen, auf die Idee war sie gar nicht gekommen, denn das hing ja mit Geld zusammen.

Der *Inhalt* von Arbeit zählt hier wenig oder gar nicht, «Ja, ja, sehr schön haben Sie das gemacht», ist der Kommentar zu meinen Skizzen, «schaffen Sie den Auftrag in zwei Monaten?» Niemand will über das Was oder Wie eines Entwurfs, eines Manuskripts, einer Dialog-Szene diskutieren, wie direkt oder verfremdet ich das Fin-de-Siècle des Oscar Wilde einfangen möchte. Nur Termine, Produktionsziffern, Honorarbeträge, Wann? Wie lang? Wie teuer? Wie fristgerecht? Der Satz, «Ich habe noch eine Sitzung», «Ich kann morgen nicht, da muß ich einen Produzenten treffen», wird ganz selbstverständlich akzeptiert, will man eine Verabredung verschieben. Betonte man ein Problem innerhalb der Arbeit – das blanke Unverständnis grinste einen an, man könnte die Sprechblase «Was gehen mich Ihre Schwierigkeiten mit Renaissancekostümen an?» direkt sehen. Arbeit wird hier heilig gesprochen und gehalten – aber nicht das, was sie meint, sondern das, was sie bringt: Geld und Konsumfreiheit.

Ich glaube, das war im Osten genau umgekehrt: weniger das Resultat zählte (zumal es in der Industrie- und Konsumgüterindustrie schäbig war) noch etwa das Geldergebnis (zumal das Geld nichts wert war und Bedürfnisse nicht befriedigen konnte, die von BMW bis Mallorca in das Reich der Träume abgedrängt wurden). Aber der *Vorgang* Arbeit war wichtig, man definierte sich über ihn, gewann ein Stück Identität durch ihn (und die systemtypischen Konflikte).

Als ich kürzlich vom Sender Leipzig eine Anfrage erhielt, war die Redakteurin hörbar befremdet, daß ich am Telefon als erstes fragte, «Was zahlen Sie?». Sie wollte sich erst einmal über die mögliche Anlage der Arbeit unterhalten. Arbeit war also ein Stück Kommunikation – während hier das Weg-von-Arbeit in die Freizeit (Lotto, Urlaub, Weekend, Kino) Kommunikation schafft. Ich habe ja kein Recht zu jammern, im Moment bin ich gefragt, bekomme Aufträge, verdiene gut. Aber den Unterschied nehme ich wahr.

Wenn man von verbotenen Büchern, unterdrückten Filmen, abgesetzten Inszenierungen spricht, sogar von Verhafteten – müßte man darüber nicht auch sprechen? Fand den Mann scharfzüngig, aber einäugig, übrigens gegenüber Noori ungerecht-unverschämt; als sei sie eine verspielte, aber leicht törichte Bildungs-artistin, die nur mondäne Journale liest. Es ist ja noch nicht strafverschärfend, wenn man weiß und parat hat, was Baudelaire über die beiden Delacroix-Bilder in der Kirche St.-Sulpice geschrieben hat. Ich wünschte, ich wüßte sowas «automatisch». Blöder Affe.

OLIVERS TAGEBUCH

13. 3.

Mein Protokollier-Tick zwingt mich – tief in der Nacht –, den vergangenen Abend zu fixieren; schade, am besten hätte man ein Tonband laufen lassen sollen. Unsere Freunde mit ihrem «Was, ihr geht immer noch in dieses vermuckerte Deux Magots? Kein Mensch geht da mehr hin, nur idiotische Touristen» hatten uns in eine Mischung aus Café, Bistro und Bar im Marais eingeladen, «Das ist jetzt die Gegend, die früher mal St. Germain war». Nach allerlei Konfusionen über Ort und Zeit und wer und wie trafen wir uns also zu sechst – und das heißt, zu einem Abend des Gemetzels. Meine schrille Kusine, die komischerweise hier in Paris besonders gerne und viel über Deutschland redet, hatte mit Bemerkungen über die «armen Jungs, die da an der Berliner Mauer geschossen haben und jetzt in Westdeutschland verknackt werden» die Lawine losgetreten.

Der Augenarzt – wieso hielt ich ihn bisher für einen Zahnarzt? –, den ich übrigens um sein glänzendes, geradezu spielerisches Französisch beneide, fuhr fast hoch: «Wieso arme Jungs – die Schweine haben gezielt geschossen. Befehl oder nicht, man kann danebenschießen oder in die Beine – aber nicht ganze Maschinengewehrmagazine auf Menschen, die durch die Spree schwimmen.» Die Jagd war auf, die Fetzen flogen.

Myriam schien gereizt, weil Noori sie immer wieder mal mit ihrem schnell gesprochenen, aber schlechten

Französisch aufzieht: «Sie wissen, daß Sie sich eben einen Motorradfahrer bestellt haben», pikste sie, weil Myriam das Wort für Senf falsch ausgesprochen hatte. Und unser Berliner Freund legte nach: «Sie haben wohl die Schikanen, den unverschämten Ton, die rüden Unverschämtheiten bei jeder Grenzkontrolle vergessen? Das *mußte* man nicht, auch nicht auf Befehl – das gefiel denen, diese kleine, quälerische Macht.»

Der deutsche Stammtisch mitten in Paris. Nur Harold war von ironischer Lässigkeit, frozzelte seine Frau mit früheren Billigeinkäufen in Leipzig und Güstrow, aß genüßlich einen gâteau au chocolat und wollte offensichtlich lieber über eine geplante Mexiko-Reise und die Fresken von Orozko in Guadelajara plaudern als über Zensurmaßnahmen in der DDR diskutieren. Aber Noori, das erste Mal sah ich sie hastig und zuviel trinken, wurde noch schmaler, noch schneidender in ihrer verächtlichen Wut, mit der sie ein paar verbotene Filmchen oder Romänchen als nebensächlich erklärte bei dem Versuch, eine Gesellschaft ohne Geld- und ohne Konsum-Diktat, die viel peinigendere Unfreiheit, zu entwickeln. «Dann konnten die halt nicht Proust lesen – aber die Mieten waren billig, und niemand bettelte auf den Straßen.»

Es wurde ein Streitscherbengericht, das zwischen lauter Totschlagworten hin und her schepperte: Kindergärten und Bautzen, niedrige Buchpreise und Reiseverbot, Abtreibungsregelung und Verbot der Kriegsdienstverweigerung. Bis alle still wurden. Und ich sah plötzlich, was für einen guten Kopf Harold hat, wenn er Neugier und Spannung in sein Gesicht einläßt, als der Augenarzt leise in seinem präzise schwingenden

Französisch sagte: «Es gibt Gelegenheiten, bei denen Frivolität nicht am Platz ist. Wir alle hier am Tisch konnten unser Leben lang lesen, essen, trinken, was wir, und reisen, wohin wir wollten; es hat hier niemand das Recht, Verbote, Drangsalierungen und Unrecht hübsch zu reden. Ich als einziger von uns allen weiß, wovon ich rede – auch wenn ich damals, in einer anderen Diktatur, noch sehr jung war. Wie man die niedrigen Mieten gegen 15 Jahre Wartezeit auf ein Auto, die billigen Butterpreise gegen verbotene Bücher und die guten Filme gegen die abgesetzten aufrechnen kann, weiß ich nicht. Ich weiß aber, daß es Lager gab, Tote, Geschlagene, Gedemütigte. Man kann ja statt ‹Connaisance des Arts› mal ein paar Dokumentarbände ansehen, die es inzwischen über die Zuchthäuser gibt: Drei Menschen in einem aus Kistenbrettern genagelten Etagenbett, 400 Gefangene in einem Raum mit einem Waschbecken und einem Kübel, Zellen ohne Fenster, in denen alle 15 Minuten Neonlicht aufflammte bei Verbot, das Gesicht mit den Händen zu schützen.

Sie haben recht: Die Wirklichkeit war wichtiger als Proust. Aber *das* war die Wirklichkeit. Und sie wurde wirklich, weil ein Heer von Mitläufern, Duckmäusern, Denunzianten das Räderwerk dieser Wirklichkeit in Gang hielt, bediente. Ich habe neulich bei einem Autor, der die DDR verlassen hatte und sie als einer der wenigen nun nicht nostalgisch beweint, gelesen, was mich sehr beeindruckt hat und was mir deswegen im Gedächtnis geblieben ist; es heißt etwa so: ‹Denn sie wollten den Betrug, solange er ihnen einen kleinen, schäbigen Vorteil versprach, sie übten eine Funktion aus innerhalb dieses Betrugs, der ein von ihnen selber erwählter Betrug war, sie haben jeden Tag gesehen und gehört und gelesen, daß alles ein großer, endloser Betrug ist, aber sie haben ihre Funktion ausgefüllt und als Beamte oder Parteisekretäre oder Lehrer oder Direktoren oder Abteilungsleiter oder Abschnittsbevollmächtigte oder Hausbuchführer oder Vorstandsmitglied einer Gartensparte oder eines Anglerverbandes oder einer Gymnastikgruppe oder sonst irgend etwas jene ausgewiesen und bestraft und verurteilt, die immer schon von Betrug und einem System voller Betrug gesprochen haben.›

So ähnlich hieß das. Und deswegen sage ich Ihnen, verehrte und schöne indische Madame La Pasionaria aus Paris: Kommen Sie mir nicht mit dem Satz, ‹Aber die U-Bahn war billig!› Das hieß, wenige Jahre zuvor: ‹Aber er hat die Autobahn gebaut.›»

Noori hatte ihm ausdruckslos zugeschaut wie einem Feuerschlucker. «Peut-être vous avez raison», sagte sie, und es war nicht klar, ob sie eher das elegante Französisch umgestimmt hatte als das Gesagte. Vielleicht liebt sie auch nur das Spiel – und beim Spielen kann jeder mal verlieren.

MYRIAMS TAGEBUCH

14. 3.

Die letzte Nacht in Paris wurde eine schwarze Messe, die zu feiern ich mir nie zugetraut hätte. Ich habe in meinem Leben noch nicht so tief in mich hineinsehen, in einen beunruhigend dunkelgurgelnden Schlamm aus Entsetzen – Geilheit – Ekel – Neugier. Schwappt da unten in jedem Menschen so ein blasenwerfender Bodensatzmorast oder nur in mir?

Unser Freund fuhr uns nach dem Abendessen in seinem Wagen in den Bois de Boulogne, wo eine Allee nackten Transvestitenstrichern, eine andere «normalen» Huren, eine dritte schwulem Strich und eine vierte jungen Leuten reserviert ist, die Partousen suchen. Dutzende von Autos schleichen mit abgeblendetem Licht im Schritt-Tempo, halten, man verhandelt durch die heruntergekurbelten Fenster, man steigt aus (in die Büsche) oder ein. Eine abgedunkelte Sex-Parade, hundert Meter neben einem Polizeiposten. Wir halten zuerst bei einem sehr gutaussehenden Jungen. Er kommt wie ein Zeitungs- oder Eis-Verkäufer nonchalant und ganz selbstverständlich an den Wagen. Nein, Männer möchte er nicht, «ich stehe nur auf Frauen, viele, immer, jeden Abend möglichst mehrere».

Er gibt lässig und unverklemmt Auskunft über seine Vorlieben – Anbieter einer Ware, die er selber ist –, nein, Geld nähme er nicht, es sei sein Hobby. Männer «dabei» nähme er allenfalls «mit in Kauf». Höflich weist er uns den Weg: Voyeure erste rechts, zweite links, gleich hinter der russischen Botschaft. Kaum biegen wir dort ein, fliegen Rieseninsekten auf uns zu – vier, fünf, acht, zwölf Männer stürzen sich auf das Auto, sie stehen mitten auf dem Damm, als wollten sie uns stoppen.

Wir halten rechts. Schweigend-saugende Gesichter pressen sich an die Scheiben, einer liegt auf dem Kühler, ein anderer auf dem Kofferraum; eine umgekehrte Aquariumssituation, die Fische schwimmen draußen. Die Männer fummeln an ihren Hosen, holen schließlich ihre Schwänze heraus, wichsen einer neben dem anderen, klein, riesig, rosa, lilabraun, ein Auberginenmarkt, die Lippen ans begischtete Glas gepreßt. Die Erregung packt mich in einem Teil von mir, den ich nicht einmal ahnte, eine Widerlichkeit orgiastischen Ausmaßes, aufgefetzte rauschhafte Schamlosigkeit ertränkt mich.

OLIVERS TAGEBUCH

14. 3.

Gestern läppisch-flacher Abschiedsabend in Paris nach schönem Abendessen vor den dekorativen Jugendstilschwanenhälsen bei «Bofinger». Unser Freund hatte sich als Dessert einen Gossenwitz einfallen lassen, fuhr in eine obskure Gegend des Bois, wo irgendwelche Typen an die Scheiben parkender Autos onanieren, wenn sie auch nur eine Frauenschulter oder auch nur ein Stück Busen sehen. Pueril-ferkelig und unverständlich. Was ist der thrill?

Warum sucht sich so ein junger Bursche, mit dem wir anfangs ein paar Worte wechselten, nicht ein Mädchen in der Disco, und was will so 'n Vertretertyp, der, als wir parkten, auf unseren Wagen zukam und sofort seinen Hosenschlitz öffnete? Eine Frau? Eine Triole? Sich bloß exhibitionieren? Geld? Unbegreifbar. Stehen da in der Kälte rum, fremde Männer nebeneinander – sie berühren sich nicht etwa –, spritzen gegen Autos und winken noch hinterher. Wie dürftig Sexualität sein kann. War mir nur wegen Myriam peinlich, der die taktlose Zumutung gewiß qualvoll war. Eine Freiluft-Bordellszene, jeder Frau unwürdig.

MYRIAMS TAGEBUCH

25. 3.

Scheußliche Rückkehr beziehungsweise Rückkehr in die Scheußlichkeit. Seit wir aus Paris zurück sind, habe ich den gräßlichsten Ärger mit dieser Keller-Assel, und fast noch mehr ärgert mich, daß Oliver mich damit vollkommen im Stich läßt, daß er daraus sogar Kabarettnummern macht, die er lachend und feixend vorträgt, wenn ich Besuch habe.

Hätte ich doch bloß nicht nachgegeben, als mich vor zwei Jahren eine Dame bei uns in der Straße, die ich vom Einkaufen und vom «Guten Tag, wie geht's?» kenne, bat, ob ich ihr nicht helfen könne, ihr Sohn sei im Ruhrgebiet «aus der Kurve geflogen», ohne Job, habe Schulden. Man habe ihr erzählt, daß zwischen der Garage und meiner Atelierbude ein kleiner Raum leer stehe, ob ich den nicht vorübergehend ihrem Sohn ...

Seit damals habe ich diesen Alwin Mückenschnabel wie Fußpilz, er erhebt nicht nur «Anspruch» und «Wohnrecht» auf dieses Zimmer mit Dusche (das ich inzwischen dringend für meine Akten und Unterlagen bräuchte), sondern bombardiert mich auch mit Briefen, Eingaben, Beschwerden, nächtlichen Anrufen. Mal geht ein Brief an die Polizei, bei mir wohne «ein Ausländer illegal», mal hängen «Frau Proffesor»-Zettel an der Haustür, das Duschwasser liefe nicht ab, und mal kommt Post vom Mieterverein, ich ließe den Motor meines Wagens nachts in der Garage absichtlich laufen; beigefügt war ein analphabetischer Brief dieses Kretins, der «defamierend» und «Paterre» und «gegenüber ihre Gäste» schreibt, die Marke meines Autoradios und die Farbe der Polster schildert oder völlig sinnlose offenbar als Beschimpfung gemeinte Sätze enthält, «Dies einmal dagegen, was den Ton und Charakter betrifft».

Einerseits hat Oliver recht mit seinem vergnügten «reines Vorabendprogramm»; andererseits will er nicht begreifen, daß ich gegen solchen Mundgeruch nicht gewappnet bin, daß ich ja nicht per Anwalt gegen «Für Personen u. a. um aus dem 2. Stock zu entkommen besteht event. Gefahr» vorgehen kann. Wie wehrt man sich gegen einen Querulanten, der zwar keine zwei Sätze ohne die absonderlichsten orthographischen Fehler schreiben kann, aber auch nicht lockerläßt mit mal «Die Regenrinne klapperd», mal «Ich habe einen Durchfeuchtungsfleck», mal «Die abgerostete Tür ist hinderlich beim ordnungsgem. öffnen und schließen».

Der Himmel weiß, woher diese Keller-Assel Namen und Adresse der Berliner Produktionsfirma hat; jedenfalls lag hier ein Eilbrief – schon das bringt mich auf die Palme, weil ich meinen privaten Lebensbereich strikt getrennt halte von meiner Arbeit –, ein Herr Mückenschnabel habe angerufen, es sei dringend, wo er mich erreichen könne, bei ihm rieche es nach Gas und wo überhaupt Feuerlöscher seien. An der Haustür klebte mit Tesafilm befestigt ein Zettel «Feuerlöscher sind Forschrift». Ich konnte, vor Wut zitternd, kaum die Tür aufschließen. Oliver lachte. «Den Zettel mußt du dir einrahmen.» Daß ich – Gas gibt es im ganzen Haus nicht, auch nicht in den anderen Wohnungen – überhaupt darauf eingegangen bin, fand er nur komisch. Mir war erst einmal die ganze Paris-Woche vergällt.

25.3.

Wie humorlos Myriam manchmal ist. Vorgestern war ihre Freundin Dagmar zum späten Sonntagsfrühstück bei uns. Ich wollte mich für *ihre* stets komischen Geschichten revanchieren – jene Affäre mit dem Dompteur, der sie immer in Nuttenreizwäsche und ganz hochhackigen Schuhen haben wollte, ist beendet, dafür war sie Ski laufen mit einem sehr reichen, alten Schauspieler, der gar nicht Ski laufen kann, ihr seine immerwährende Liebe am Kamin der fürstlichen Engadiner Villa schwor, um nach Rückkehr beim «Kleinen Italiener» kurz und bündig zu erklären, er liebe sie zu sehr, weswegen er sie verlassen müsse.

Schon das fand Myriam gar nicht zum Lachen, sondern nur fies. Als ich dann Geschichten vom Mückenschnabel zum besten gab, Dagmar lachte Tränen, wurde sie regelrecht wütend. Mückenstiche nenne ich diese Plage oder auch Eigentumsrache; denn ganz klar ist ja nicht, wie Myriams Eltern – von denen sie die Wohnung geerbt hat – dieses eine Parterregeschoß als Eigentumswohnung herauslösen konnten, noch dazu in einem Altbau, während die übrigen Wohnungen im Haus normale Mietwohnungen geblieben sind. Gewiß, sie hat Pech, daß sie aus Gutmütigkeit diesem blöden Kerl das winzige Loch gab, für eine Pro-forma-Miete von 80 Mark, weswegen er nun Mieter und nicht kündbar ist. Oder wollte sie auch wieder mal bißchen feine Dame spielen, die beim Einkaufen der Bitte dieser nun nicht mehr grüßenden Nachbarin entsprach?

Jedenfalls vergnügt mich der Fortsetzungsroman im Stil «Jene Worte sind das Ventil Ihres Charackters» oder «Die Tür ist von Ihnen als Hausverwaltung Insand zusetzen», ich warte schon immer auf den nächsten Brief und lauere darauf, ob dieses Mal nur «Kopy an die Chefredaktion der Abendzeitung» darunter steht oder wie vorletztes Mal – «Zur Heckenpflege gehört das entsprechende Schneiden zur gegebenen Jahreszeit» – «Durchschläge zur Kenntnis an den Bundespräsidenten».

Ich verstehe wiederum Dagmar, die meinte, «Nur, Oliver bedenken Sie: Irre sind manchmal auch gefährlich. Feine Leute nennen so was Borderline Case – wer weiß denn, wann der mal tätlich wird? Davon liest man jeden Tag in der Zeitung; eben war's noch der bloß etwas absonderliche Sohn aus dem Nebenhaus oder die Krankenschwester mit dem Tick – und plötzlich fallen sie Leute an, stechen einer Tennisspielerin in den Rücken oder einem Politiker in den Hals. Ich finde zwar dieses blödsinnige Gestammel auch grotesk und komisch, ich möchte aber auch so einen Fiesling nicht im Hause haben.»

1.4.

Es ist nicht zu glauben und kein Aprilscherz: Der Fußpilz war bei der Stasi! Die Geschichte regt mich so auf, daß es noch einmal einen handfesten Krach mit Oliver gab.

Dagmar hatte mich neulich abend auf den Gedanken gebracht, als sie sagte, «Ob der das wirklich alles auf eigene Kappe macht?» Habe dann doch einen befreundeten Anwalt zu Rate gezogen, ihm allerlei von diesen halbidiotischen, halb informierten Wischen gezeigt (Olivers Kusine rangiert da als meine «Halbschwester», eine Reise von mir wurde wiederum exakt mit Flugnummer, Ankunftzeiten und der Adresse meines Düsseldorfer Hotels dokumentiert), bis der meinte, «Ich habe da eine Idee». Er hat sich von mir eine Vollmacht geben lassen und – Anwälte haben offenbar so Kanäle – Akteneinsicht bei der Stasibehörde bekommen. Es ist wie ein schlechter Krimi – den Film möchte ich nicht ausstatten müssen: Diese Ratte hat jahrelang tatsächlich für die Stasi in Ostberlin gewühlt. Anfangs galt das meinem Vater, der ja als Anwalt kurz vor dem Mauerbau aus Dresden geflüchtet war und eine Weile für den «Verein freiheitlicher Juristen» in Westberlin gearbeitet hat.

Das also war die «Arbeit im Ruhrgebiet» gewesen! Dann nach Vaters Tod, wurde der Bursche bei mir als Wanze installiert, weil «das Objekt» – das bin ich – so viele Kontakte zu Film- und Fernsehleuten hat, auch zu Journalisten.

Ich muß Oliver in gewisser Weise zustimmen – eigentlich ist es lächerlich, weil der Kerl so stockdumm ist, geheimnisvoll von Gesprächen über «Rambo» berichtet, die er abgehört haben will (durch das Heizungsrohr?) und «verschwörerisch» geklungen hätten: es ging um Rimbaud. Oder er klebt Fotos meiner Zugehfrau ein, wie sie den Mülleimer leert – in dem er dann rumgestochert hat, um Absender von Briefen aufzuschreiben. Es ist alles purer Müll, schade um die knappen DDR-Devisen, die sie ihm bezahlt haben werden – und es ist zugleich widerlich, wenn ich lese, «Anschließend führte Objekt Geschlechtsverkehr mit besagtem Ausländer durch. Der verließ nach Vollzug die Wohnung».

Nun bekommt dieses Kauderwelsch über die «Holtzbeplanckung des Gartens» eine ganz andere Dimension, wobei mir noch immer nicht klar ist, warum der mit mir herumquerulierte und sich nicht auf seine abstrusen Berichte beschränkte, in denen von einer Reise nach Japan – wo ich nie gewesen bin – phantasiert wird.

Wichtigtuerei? Krank? Gerissenes Gewerbchen?

2.4.

Daß wir uns über läppischen Quark streiten! Myriam hat wegen dieses Bürschleins im Hause also doch einen Anwalt genommen – und der hat herausgefunden, daß der Wicht sie (und mich, den «besagten Ausländer») für die Stasi bespitzelt hat. Na und? Das hätte allenfalls vor Jahren beunruhigend sein können – jetzt ist es doch eine Karteileiche. Aufregen kann ich mich bestenfalls darüber, wie dieses kaputte System Geld herauswarf für «Informationen», die keine waren, über Leute, an denen nichts interessant, schon gar nicht wichtig (oder «verdächtig») war: Beischlafpartner, Zigarettenmarke, Zeitungsabo, welches Auto, wann verreist – alles der pure Blödsinn.

Gibt es nichts Besseres, will sagen Schlechteres, worüber du dich aufregen kannst, schrie ich Myriam an – daß man an einem Baggersee bei Köln einen verbrannten Türken gefunden hat (Ausländerfeindlichkeit als Tatmotiv könne nicht ausgeschlossen werden, sagte der Staatsanwalt); daß 22 Skinheads mit «Sieg Heil»-Gebrüll im KZ Buchenwald randalierten – «Wir werden dich eigenhändig anbrennen», drohten sie einer Angestellten –; daß am selben Tag an einem öffentlichen Badesee bei Brandenburg Jugendliche ungestört das Horst-Wessel-Lied singen konnten; daß acht Deutsche in Berlin nach einem Zechgelage-Streit einen Polen haben in der Spree ertrinken lassen: das ist unsere Wirklichkeit. Das andere ist doch possierlicher Tierfilm «Aussterbende Vogelarten auf Helgoland».

Erst später in der Nacht wurde unser Streit sanfter, vor allem, als *ich* immer wütender wurde und rumtobte, «Mich interessiert diese Schnabeltasse, dieses Trüffelschwein überhaupt nicht – mich interessieren alle diese ‹Genosse Generalmajor Kienberg› und ‹Oberstleutnant Herfurth› und ‹Genosse Leutnant Adamzik›, die solche ‹Durchführung politisch operativer Maßnahmen› anordneten, die derartigen Denunzianten-Abhub entgegennahmen, registrierten, abhefteten – kriegen die jetzt Westrente? Bezahlen wir mit unseren Steuern diesem Pack einen gemütlichen Lebensabend in ihren Datschen am See bei Erkner oder Potsdam?» Wobei ich zugeben mußte, daß Myriams letztes Argument – es klang schon wie ein müdes Rückzugsgefecht – traf: «Aber es ist doch nicht recht, daß ich so einen nach wie vor nicht aus dem Hause kriege, wie mein Anwalt mir sagte, ‹weil er mir keinen nachweisbaren Schaden zugefügt hat›.» Das stimmt. Ziemlich unerträglich, diesem aufgedunsen grinsenden Schiefmaul nun nach wie vor an der Haustür zu begegnen oder beim beflissenen Wagenwaschen, wozu er sich einem Nachbarn angedient hat. Ich weiß manchmal nicht, ob sich diese Bundesrepublik nicht zu Tode rechts-staatet.

«Neonazi-Anführer vom Aufmarsch in Fulda bleiben straffrei – Staatsanwalt erklärt, das Recht bietet nicht genügend Handhabe», lese ich in der Zeitung.

Wir hatten schließlich zuviel getrunken. Zwei gerupfte, traurige Kampfhähne. Man sollte sich mehr dicht machen gegen Außen, sollte sich einander wichtiger sein. Myriams Körper ist mehr Nachricht für mich als die verdammte Tagesschau, und ich spüre mich mehr in ihrem Haar, als wenn ich mich über Zeitungsmeldungen errege. Was wiederum nicht stimmt. Schon die vier Sätze, die ich dieser Tage las, bringen mich auf:

«Noch nie lebten so viele Menschen am Rande der Wohlstandsgesellschaft wie derzeit. Die auf rund 2,5 Millionen gestiegene Zahl von Sozialhilfeempfängern mit laufender Hilfe zum Lebensunterhalt hat sich binnen 15 Jahren um 150 Prozent erhöht. Jeder dritte Arbeitslose zählt zu den Langzeitarbeitslosen. 700 000 Menschen haben keine eigene Wohnung, 180 000 sind gänzlich obdachlos.»

Auf verquere Weise dringt derlei in meine Sexualität, eigentlich müßte ich mich schämen: es deprimiert mich, und es macht mich stolz bis zur Geilheit; denn da finde ich sogar mich privilegiert – ich bin eben nicht ein vietnamesischer Zigarettenhändler geworden, nicht ein Kosovo-Albaner, der auf der Reeperbahn mit Heroin handelt. Ich, Oliver Ruidera, Gastarbeiterkind, andalusischer Deutscher, habe mich selber erzogen, und mein Lebensspagat hat mich nicht zerrissen. Ich habe mir «eine kleine Bildung» angeeignet, einen halbintellektuellen Beruf erobert – und eine Frau, von der ich mir noch immer und immer wieder ein Kind wünsche, die ich begehre wie am ersten Tag, selbst wenn sie, wie letzte Nacht, hinterher so Jargon-Scheiße wie «postkoitale Melancholie» von sich gibt (weil wir beide so erschöpft vom Streit und vom Vögeln waren). Das ist manchmal wie *ein* Vorgang. Deswegen gelingt es mir nicht, diese Sache mit dem «Sich-dicht-Machen», bocke gar dagegen auf, das ist wie eine Erektion im Kopf.

Ich bin ein katholischer Pfaffe, der die eigene Predigt nicht glaubt – während ich das Halleluja unserer großen Liebe singe und vorgebe, das böse Weib Welt zu verachten, ist es genau diese Alltagswelt, die wieder und wieder durch den lumpigen Vorhang meines «dichtgemachten» Beichtstuhls grinst.

Als ich vergangene Woche den pathetischen Aufruf eines Schriftstellers «Lest keine Zeitungen» las, den er in vier Zeitungen veröffentlicht hatte (an dreien davon ist er regelmäßiger Mitarbeiter), und den Appell dieses Bla-Bla-Predigers, der monatlich eine Talk-Show moderiert, «Macht doch mal einen oder zwei Monate die Kiste nicht an», stieg der Trotz in mir hoch. Nein, ich will mich nicht «dichtmachen». Es wäre Seelen-Zölibat. Ich masturbiere nicht gerne.

4.4.

Warum mir diese Schmuddelaffäre mit der wieseligen Ratte in ihrem Kabuff so unter die Haut geht? Ich bin ja wahrlich keine zimperliche Person, gelte gar als «souverän». Ob in Frauen trotz aller Selbständigkeit immer eine gewisse Zittrigkeit schwingt, eine Mischung aus Unsicherheit und Angst vor Bedrohung – sogar physischer Art? Es ist wie Olivers schwer verständlicher, leicht verständlicher Satz «Ich bin älter, als ich bin»: Ich bin ängstlicher, als ich bin. Man beobachte mal uns Frauen in der Brandung – sie stürzen sich nicht hinein, sondern versuchen, sich vor dem Anprall zu schützen. Da helfen mir alle Hosenanzüge nicht, auch nicht der Aktenkoffer und der schnell gefahrene BMW. Selbst im Begehren spüre ich ein Gran Ängstlichkeit. Ertappe mich bei kleinen Nonnen-Autarkie-Phantasien. Habe ich deshalb bisher kein Kind gewollt, die lustvollste Verletzung?

Ich habe ja Oliver nie gestanden, daß ich lange Zeit so eklige wie verduckte Anrufe bekam, obszöne Keucherei mit «Ich denke jetzt an deine schlanke Beine» und so; jetzt bin ich überzeugt, die kamen auch von diesem Sabberfritzen. Der ist Ausspäher, Voyeur und Spanner. Ein Gefühl auf der Haut, als krieche eine Schleimschnecke über den Körper. Da ich das aber nicht beweisen kann, kriege ich nach wie vor den eingezeckten Miesling nicht los. Dagmar hat mir angeboten, eine Weile im Arbeitszimmer zu wohnen. Sie hat sich eine Gaspistole gekauft und will ihn «erlegen». Irgendwie ist mir auch das unheimlich.

6.4.

Wagenburg-Atmosphäre. Myriam ist noch immer über diesen kleinen Spitzel erregt, mehr als sie's zugibt. Als sei der noch wichtig. Das führt zu ganz schräg explodierenden Gesprächen. Gestern waren ihre Freundin Dagmar und dieser leicht meschuggene Schriftsteller hier, der darauf besteht, als uneheliches Kind seinen Vater nicht zu kennen, aber zugleich Halbjude zu sein, der hemmungslos «Ich bin Proust» sagen kann und «Ich bin der einzige politische Schriftsteller in Deutschland». Er ist ein bunter Vogel, offenbar auch unter einem besonderen Minderwertigkeitskomplex leidend – denn er vergißt nie zu erwähnen, welcher bedeutende Verleger ihn gestern angerufen, mit welchem berühmten französischen Autor er vorgestern gegessen hat und wieviel Rundfunksender ihn um Beiträge angefleht haben.

Schuld an dem etwas zänkischen Abend war wohl ich; weil ich genug hatte von Myriams Besatzungsmacht, kam ich auf die Mischung aus Feigheit und Falschheit der Deutschen generell. Ich erzählte, daß ich in der vergangenen Woche leere Flaschen in einen Container an der Ecke geworfen hatte und mich plötzlich eine Frau anschrie: «Ich zeige Sie an.» Was war passiert? Ich hatte weiße Flaschen in den Container für «Grünes Glas» geschmissen. Das sei für mich ganz Deutschland in einem Satz: «Ich zeige Sie an.»

Dagmar war empört, schikanierende Kleinbürger gäbe es auf der ganzen Welt, der Romanautor – der ja auch noch begehrt, schwul zu sein – tönte dazwischen «Ich werde andauernd angezeigt», und Myriams ins Violette hinüberschimmernde Augen wurden noch trauriger: «Oliver hat recht», sagte sie – selten genug gibt sie mir vor Freunden recht. Meine Wut auf die Deutschen, ihr Wegsehen, als die Juden aus den Nachbarhäusern geholt und Kommunisten erschlagen wurden, und ihre Flennerei, als sie endlich Prügel bezogen, rief bei Dagmar die gleiche Wut hervor: «Und die Franzosen in Algerien und die Amerikaner in Vietnam und die NATO-Alliierten namens Türkei» – wie ich solchen Unsinn, wie ich überhaupt *die Deutschen* denken könne. Ich bezog mich auf eine Dokumentation, die ich im Archiv gerade zusammenstellen muß – wie dieses «Führer befiehl, wir folgen dir» noch unter den Trümmern von Stalingrad hervorquoll, während die armen Burschen schon in Eis und Feuer versanken –, und Dagmar fragte spitz, «Und wer hat die sechs Millionen Russen in Stalins GULAGS umgebracht – doch wohl die eigenen Leute?»

Jeder von uns hatte recht beim Rechtbehalten, eigentlich tat Dagmar mir leid, weil nun auch noch der junge uneheliche jüdisch-schwule Proust über sie herfiel – er vor allem sei verfolgt, unentdeckt, nicht gefördert, verrissen: weil in den meisten Redaktionsstuben ehemalige Leutnants, U-Boot-Kommandanten und SA-Leute bis weit in die siebziger Jahre hinein gesessen haben. Tatsächlich nannte er Namen, über die man erschrak, und sein Satz, «Leutnant *mußte* man nicht werden wollen – und wer Leutnant werden wollte unter Hitler, wollte Hauptmann werden bei Hitler und Oberst und General mit Hitler; und wäre es ja auch geworden und hätte für Hitler viele Länder überfallen, hätte andere Menschen in den Tod geschickt: diese Leute waren potentielle Mörder» – diesen Satz, wirr und spitz und giftig, fand ich so richtig, daß ich dachte: Dieser falsche Proust in bodenlangem Fuchspelz im April ist echt, in seiner Grellheit liegt die Wahrheit. Ob ja oder nein schwul und Halbjude oder ganz und gar nicht und sein «Huch, man haßt mich»-Gefuchtel waren mir auf einmal egal. Der Kerl war mir sympathisch. Neulich noch hatte ich mich über eine seiner Verlautbarungen mokiert, «Wenn man einen Kollegen mag, muß man mit ihm ins Bett gehen können». Jetzt dachte ich, vielleicht hat er recht.

12.4.

Ich sitze in Berlin im Hotel und greife nach dem Rauch, der mir durch den Kopf zieht. «Er ist wie sein älterer Bruder, ganz anders und sehr gleich, er hilft ihm, ohne es zu wissen» nebelt es da herum; gleich am ersten Abend, an dem ich mich mit dem Augenarzt verabredet und ein bißchen von Stasi und Angst und unserem Disput erzählt hatte. Aber ich will sortieren.

«Wissen Sie, daß es nur wenige Frauen gibt, die so gut Hosen tragen können wie Sie?» – damit begrüßte er mich in der Künstlerkneipe in der Fasanenstraße, in der «wir» so gerne verkehren, Schauspieler, Filmleute, Journalisten. Foffi, die griechische Inhaberin, ist unsere Vertraute, sie besorgt Post, pumpt schon mal, weiß, daß «Thomas nicht mehr...» und «Udo doch nicht...» und Libgert «Nun endlich...», sie setzt sich für ein kurzes Glas mit an den Tisch und spürt genau, wenn fünf Minuten zuviel sind. Eine aparte herbe Frau, lässig-elegant, die ihren Laden in Schwung hält.

«Das ist lustig, daß Sie das sagen», antwortete ich, «das erinnert mich daran, wie ich – wie lange ist das her, sechs, nein, acht Jahre? – Oliver kennenlernte. Das war auf der Frankfurter Buchmesse, ich war von einem italienischen Verleger eingeladen worden, der für eine internationale Luxus-Zeitschrift eine Sondernummer über René Gruau konzipierte, im ‹Hessischen Hof› war ein Raum für so ein Business-Lunch reserviert worden, und als ich durch die Halle ging – in einem hellgrauen Hosenanzug aus Flanell, damals trug ich das Haar noch sehr lang, es wirkte blonder als heute –, kam atemlos ein junger Mann auf mich zugestürzt, er hatte ein Glas in der Hand, ich dachte erst, er sei betrunken.

‹Ich muß Sie kennenlernen›, stieß er hervor, ‹bitte sagen Sie nicht gleich nein, ich heiße Oliver Ruidera, ich bin Archivar, nein, im Moment bin ich Bote, muß hier Archivunterlagen für einen Verleger abgeben, ich bin Spanier, nein, eigentlich bin ich Deutscher, egal, und Sie sind mein Ideal: ein Transvestit, der schließlich doch Frau ist!› Es war so grotesk-unverschämt, daß ich lachen mußte. Er kam einfach mit in den Saal, er setzte sich neben mich, brachte die Tischordnung durcheinander, wir redeten die ganze Mahlzeit über miteinander, ich bekam den Auftrag nicht, aber ihn. So frech habe ich ihn nie wieder erlebt!»

Noch während ich das hier bei dem Bastlämpchen-Licht im Hotel aufschreibe, weiß ich nicht, warum ich diesen Oliver-Schild vor mich gehalten habe. «Hätte ich ihm gar nicht zugetraut», sagte der Arzt, bestellte Campari mit Orangensaft – «ohne Eis, bitte» – und legte mir einen wunderschönen antiquarischen Band von Scholem Aljechems «Tewje der Milchhändler» mit Steinzeichnungen von Hermann Struck auf die Serviette: «Meine Blumen – für den Transvestiten». Als wollte er sich mit Oliver verbünden.

Und so war der ganze Abend – leicht, sirrend, und als ich von dem Streit mit Dagmar erzählte, nahm er Olivers Platz ein: «Ich gehe ja sogar noch weiter, mir sind sogar diese heute Gefeierten, damals Gehenkten, diese Herren Offiziere des 20. Juli unheimlich, wenn nicht verdächtig. Sie haben dem Hitler doch den Krieg gemacht, ich glaube Stauffenberg selber hat ihm zum Sieg über Frankreich ein Glückwunschtelegramm geschickt, ganz ähnlich dem des alten Kaisers aus dem holländischen Exil. Denen wurde erst mulmig, als die Chose schieflief. Nach Stalingrad. Mit dem siegreichen Adolf wären sie bis ans Ende der Welt marschiert. Aber Sie sehen, trotz des Hosenanzugs, nicht so aus, als könnten Sie marschieren. Aber als Kostümdame wissen Sie ja, wer die Hose für Frauen verrucht-salonfähig gemacht hat: Marlene Dietrich. Bei ihrer ersten Deutschland-Tournee nach dem Kriege wurde sie von einer Hamburgerin in der Halle des Hotels Atlantik angespuckt. Die singende Truppenbetreuerin der US-Army war Landesverräterin.

Verzeihen Sie – ich wollte Ihnen ein Kompliment machen; und nun schwätze ich Politik.»

Einen kurzen Moment wurde dieser Mann, von dem ich nichts weiß, der meist schweigt, raucht und mich so ansieht, als sähe er anderswohin, temperamentvoll, schwang die Pfeife in der rechten Hand wie eine Waffe. Er hatte Olivers Kopf, trotz grauer Haare, Geheimratsecken, scharfer Falten um die Augen. Ein 30 Jahre älterer Oliver, im Kopf. Ich tat etwas Ungehöriges. Was Foffi, die es von der Bar aus beobachtete, sichtlich gefiel: Ich kaufte einem dieser Blumen anbietenden Afghanen eine Rose ab, gab sie ihm mit den Worten «Sie wissen nicht, wofür. Dennoch danke. Ich hoffe, wir sehen uns wieder.»

Hoffe ich das?

OLIVERS TAGEBUCH

13.4.

Langes Nacht-Telefonat mit Myriam, die ziemlich deprimiert in ihrem Berliner Hotel hockt – man sagt weder ja noch nein, ob sie diesen Oscar-Wilde-Auftrag bekommt, für den sie soviel vorgearbeitet hat. Es ist manchmal schon ein Scheißjob: keine Antwort, Ausweichen, immer ist «Herr Müller im Urlaub» oder «Frau Lehmann krank», immer «Wir rufen zurück», und es ruft niemand zurück, oder man «hat es auf den elektronischen Weg gegeben». Oft weiß sie gar nicht, ob ihre Entwürfe überhaupt angekommen sind, die fest angestellten Herrschaften und – soweit im Fernsehen sitzend – gepolstert mit dicken Bezügen und Pensionen behandeln ihre frei arbeitenden Kollegen wie lästige Bittsteller! Neulich bekam eine Bekannte von Myriam, die TV-Porträts macht – sie heißt Berenheim – auf ihren Vorschlag für ein Yvette-Guilbert-Porträt vom Redakteur bei Radio Bremen die Antwort: «Sehr geehrte Frau Bernstein, wir haben leider keine Sendezeit für ein Yvette-Ziegler-Porträt».

Dieselbe Journalistin erzählte von einem anderen dieser abstrus-hastigen Anrufe. Der genießerische Pessimist Emile Cioran war in Paris gestorben. Am Telefon ein Funkredakteur: «Wir brauchen jemanden, der Schoran hochkarätig beerdigt, ein 4-Minuten-Beitrag, es ist jetzt 17 Uhr, wir haben um 18.30 Uhr ein Studio, der Anmoderator ruft Sie dann an.» So ging es über Technik, geschaltete Leitungen und Termine. Auf die Frage «Sie haben ein Detail vergessen: was zahlen Sie denn?» kam erst verblüfftes Schweigen, dann «Darüber habe ich nicht nachgedacht», dann «Aber das haben Sie doch einfach im Kopf!» Frau Berenheim riet dem pampigen Dummkopf, «Da schlage ich vor, Sie fahren mit Ihrem kaputten Auto zum Mechaniker, und wenn Sie eine Rechnung für den reparierten Auspuff erhalten, sagen Sie dem Mann, ‹Aber das haben Sie doch einfach im Kopf›. Auf die Antwort wäre ich neugierig.» Sie hat «einfach» aufgelegt.

Myriam tut mir leid, besser, sie wäre da jetzt nicht alleine. Selbst mein Aufmunterungswitz «Du mußt dein eigenes Quermarkenfeuer sein», griff nicht.

MYRIAMS TAGEBUCH

15.4.

Miesepetrig. Hocke lustlos herum in Verhandlungen, die keine sind. Mir geht alles auf die Nerven – Oliver, bei dem ich manchmal nicht weiß, ob er so quietschende Worte wie «Quermarkenfeuer» für Leuchtturm oder «Fahrtrichtungsanzeiger» für Blinker ernsthaft gebraucht oder sie ironisch meint; er sagt auch, «Vorsicht, das ist eine abknickende Vorfahrtstraße»; ein ewiger Fahrschüler. Umgekehrt geht mir bei Frauen diese ständige «Ich auch»-Haltung auf den Keks; erzähle ich Dagmar von meinen Hautproblemen, kommt sofort ein «Ich habe auch Pilzstellen am Ellenbogen», spreche ich von Rückenschmerzen, heißt es, «Habe ich seit 16 Jahren». Foffi, bei der ich gestern alleine ein Glas an der Bar trank, blickte mich mit tiefsinnigen «Ich verstehe alles»-Griechenaugen an, und diese Kakadu-Kusine von Oliver schnappt nach jeder Tablette, die man nehmen kann – egal, ob es für die Verdauung, gegen Kopfweh oder nur ein Vitamin-B-Präparat ist; sie braucht das alles auch.

Ich hasse diese «Geschwisterlichkeit», dieses «Wir Frauen»-Geblinzel. Meine Emanzipation läuft in ganz anderen Bahnen, ist vielleicht nur mir deutlich, weil ich sie denke und nicht demonstriere; weil ich mich selber so kritisch sehe – etwa, daß meine sexuelle Abhängigkeit von Oliver mir zugleich und dennoch das Bild von einem ineinandergeflochtenen Paar erlaubt, das sich voneinander wegfädelt; daß ich mich im Lieben haß-süchtig sehe; daß ich eine zickige Furie sein kann, imstande zu klitzekleiner Niedertracht. Deswegen ecke ich auch soviel an, weil ich zum Beispiel diesen Unsinn mit der «weiblichen Ästhetik» für Geschwätz halte, ein Foto ist gut oder schlecht, gleich, ob es von Newton stammt oder von Karin Székessy; es gibt keine «weibliche Sprache» (jahrzehntelang hielt man die «Histoire d'O» für «typisch männliche Sexualität», das Buch hat aber eine Frau geschrieben); und meine Entwürfe sind gekonnt oder nicht wie die von irgendeinem besseren oder schlechteren Balenciaga; basta.

Aber mir kann es wohl dieser Tage nicht mal ein Aschenbecher recht machen. Der Arzt hat sich nicht gemeldet. Ich rufe ihn nicht an – weiß nicht einmal, wie er lebt, verheiratet oder nicht.

OLIVERS TAGEBUCH

15.4.

Wir haben einen Virus im System – herrlich, es gibt nicht nur Ebola in Afrika, jetzt bekommen auch Computer Viren; so feiere ich krank.

Werde Myriam mit einem selbstgekochten Essen überraschen, gegrillte Lammkoteletts mit Kräutern, Pasta mit Tannen-Nüssen, Rosinen und Zucchini. Beim Herumstöbern in Antiquariaten fand ich einen wunderschönen El-Lissitzky-Band, der vor Jahren mal in der DDR erschienen ist: das ist meine Papierblume.

Immer eigenartig, diese Zeichen eines himmelstürmerischen Aufbruchs zu betrachten, der den Beginn der russischen Revolution trug, dieses jähe, optimistische Aufkündigen des Herkömmlichen, die Maschinenseligkeit und der Glaube, die Welt sei machbar – hinein ins Paradies von Freude und Glück und Gleichheit. Und dann sitze ich wochenlang und recherchiere Material zusammen über die russischen Lager, über die barbarische Rolle der Roten Armee und ihren Milliarden-Müll, Munitionsschrott und Quadratkilometer ölverpestetes Gelände, all das läßt sie auf dem Gebiet der ehemaligen DDR zurück. Das klägliche Ende einstiger Kühnheit. Muß mich hüten, Myriam mein Geschenk mit solcher Denkelei zu vergiften.

18.4.

Vorgestern zurück aus Berlin, liebevoll begrüßt von Oliver, der viel zu teuer selber eingekauft und gekocht hat. Bedrückt mich, weil der letzte Abend in Berlin mir im Kopf hing wie eine Musik, die man nicht los wird. Der Dr. Georg hatte sich doch noch einmal gemeldet, wir waren in die Fotoausstellung gegangen, die permanent im Berlin-Museum hängt und die Arbeit eines jüdischen Fotografen zeigt, mit der dieser vor allem den zu Beginn der Nazizeit gegründeten jüdischen Kulturbund dokumentiert hat.

Dr. Georg wußte darüber erstaunlich gut Bescheid (ich nämlich gar nicht), sagte, «Lassen Sie uns doch noch ein Glas im Café Oren trinken, das ist passenderweise gleich neben der Synagoge in der Oranienburger Straße». Er schien dort bekannt zu sein, eine Art Chef begrüßte uns, wir mußten unbedingt jenen Wein von den Golan-Höhen trinken, und mein Cicerone erzählte, fast mit der leidenschaftslosen Stimme eines Fernsehreporters, von dem Kinderstar Gerhard Klein, der als Emil in «Emil und die Detektive» im Theater am Schiffbauerdamm Triumphe gefeiert und dann, nach 1933, beim Kindertheater des Kulturbunds gespielt hatte – oder von Berühmtheiten wie Fritz Jessner und Julius Bab und dem ehemaligen Generalmusikdirektor Joseph Rosenstock, die dort als Regisseur, Dramaturg oder Opernchef gearbeitet hatten. Manche hatten sich retten können – Martin Brandt, der im «Eingebildeten Kranken» seine letzte Rolle am 11. September 1941 spielte, dem Tag, an dem der Kulturbund verboten wurde, und der vor der drohenden Verhaftung nach Frankreich, später nach New York floh, oder Herbert Grünbaum, der Edom in Stefan Zweigs «Jeremias» und der Rabbi Moshe in der «Goldenen Kette» von Perez; ihm gelang die Flucht von Holland nach Palästina. «Einige sind zurückgekommen, wenige – wie Fritz Wisten, zur DDR-Zeit Intendant der Ostberliner Volksbühne – arbeiteten wieder», erklärte er mir über dem letzten Glas Wein, «aber die meisten sind tot – nicht gestorben, sondern umgekommen.»

Das höre ich, während mich Oliver auf Details des sehr schönen Lissitzky-Buchs hinweist, das er für mich aufgestöbert hat; lauter traurig-dünne Spinnwebfäden laufen zurück nach Berlin, verpuppen die Zeit, umspannen diesen Mann und mich. Es ist etwas mit mir geschehen, ich weiß noch nicht, was – ein Flirt? Mehr? Ein Sog, ein Magenflattern.

Ohne Plan erzählte ich Oliver nichts von diesen beiden Begegnungen, nur von diesen ständig und immer wieder auftauchenden Widerwärtigkeiten bei meiner Arbeit, dieser würdelosen Anbieterposition, in die man mich drängt; ein Pflastermaler für die vorbeiflanierenden Herren Fernsehbosse, die zögern, ob sie mir eine Mark in den Hut werfen sollen. Und von der Vorfreude auf Venedig in zehn Tagen. Olivers «Schade, daß ich nicht mitkann», schreckte mich auf. Ich wohne in ihm, aber in mir fremdelt es.

20.4.

Wir sind verhakt miteinander, oft auch wie Antipoden, die mit den Füßen einander verbunden durch die Welt laufen, doch die Köpfe hängen entgegengesetzt. Myriam erzählte mir voller Emphase von dem «Jüdischen Kulturbund», der zu Beginn der Nazizeit jüdisches Theater pflegte – über den sie in Berlin irgendeine Dokumentation gesehen hat –, und sah mich an wie einen Feind, als ich das unsympathisch fand. Mein «Das ist doch das Akzeptieren von Ghetto» fand sie regelrecht widerlich. Da fiel mir ein alter jüdischer, also selbstironischer Witz ein: Pogrom in Galizien, dem Rabbiner wird das Haus angezündet, die Frau erschlagen, die Tochter vergewaltigt. Als Nachbarn ihn aus den Trümmern retten, lächelt er. «Moishe, wie kannst du lächeln?» Da sagt er: «Sie haben mit Kreide einen Kreis gezogen, mich hineingestellt und gesagt, ‹Verläßt du den Kreis, wirst du erschlagen›. Sie haben aber nicht gemerkt, daß ich meine linke Fußspitze aus dem Kreis geschoben hatte.»

«Du bist ekelhaft» war alles, was Myriam dazu meinte. Der ganze Begrüßungsabend war verdorben. Am nächsten Tag fiel mir ein, daß ich vor Jahren in Briefen von Tucholsky mal was zu diesem nie enden wollenden Thema gelesen hatte. Tatsächlich konnte ich gestern mit Hilfe des Archivs die Stelle rausfinden und sie für Myriam fotokopieren. Werde sie heimlich in ihren Aktenkoffer für Venedig legen – auf diese Weise bin ich dabei; denn als ich sagte, «Schade, ich käme gerne mit», sah sie mich mit einem so sehnsüchtigen Blick an, daß ich wußte – Kulturbund hin, Stasi her –: Wir gehören zusammen. Augen kann man nicht verstellen.

22.4.

Unkonzentrierte Vorarbeit für Venedig. Sitze mehr am Faxgerät als am Zeichentisch. Wie ein technisches Instrument Zartheit und ganz verschwiegene Signale übermitteln kann – unheimlich. Aus diesem Schnappschlitz, der sonst nur Rechnungen, Daten, Produktionsangaben ausspeit, kommen nun in altmodisch schöner Handschrift, wie ich sie sonst nur von Graphiken kenne, Zeilen aus einer Berliner Arztpraxis – gleichsam ohne Absender. Auch ohne Adressaten? Es sind ausschließlich Zitate – «Kleine Fundsammlung» überschrieben –; ein Lorca-Gedicht, eine Pariser Szene aus dem 18. Jahrhundert, die Inschrift eines Grabsteins vom jüdischen Friedhof in Berlin-Weißensee oder eine kopierte Karte «Blick vom Pfingstberg zur Pfaueninsel» mit dem Kritzelvermerk «Da gibt es einen alten jüdischen Friedhof». Moderne Varianten des alten «Üb immer Treu und Redlichkeit»-Poesiealbums. Technische Blumen. Bin in gewisser Weise froh, in wenigen Tagen von dieser elektronischen Spinne weg zu sein. Werde dem Mann einen Abschiedsgruß schicken und nicht die Faxnummer des Hotels in Venedig.

OLIVERS TAGEBUCH

24.4.

Überlege, ob ich nicht «als Überraschung» Myriam nach Venedig nachfahren soll. Es kann sein, daß wegen dieses Virus große Teile unseres Systems ausgewechselt und neu programmiert werden müssen. Dann werden wir Rechercheure ohnehin für zwei bis drei Tage von den Technikern verdrängt. Ich sehe direkt Myriams in Freude aufplatzendes Gesicht vor mir, wenn sie in die Hotelhalle kommt – und da sitze ich. Sie ist von ihrer Arbeitssituation derart bedrückt und belastet, es würde uns beiden guttun. Oder, noch besser, ein Kärtchen beim Portier: «Erwarte dich 20 Uhr im ‹Caravelle›. Oliver.»

Dabei kenne ich dieses «Caravelle» nur aus Prospekten, war überhaupt noch nicht in Venedig und hätte auch gar nicht das Geld für so eine Spritztour. Fühle mich manchmal schon unterlegen: der Akten-«Schoner» mit mickrigem Gehalt. Schön, daß so was nie unsere Beziehung belastet. Wünsche Myriam neidlos schöne Venedig-Tage.

MYRIAMS TAGEBUCH

25.4.

Dieses alberne, ja: trügerische Gefühl des Entfliehens. Als lösten sich irgendwelche Probleme, weil ich acht Tage weg bin. Dennoch freue ich mich auf Venedig, bin inzwischen gut vorbereitet; dort schätzt man meine Arbeit und erwartet nicht eine Barlachsche Demutsgebärde. Morgen geht das Abenteuer los, ich spüre schon in den Knien das Knallen des Motorboots auf dem Wasser vom Flugplatz zur Stadt und den Wind, der mir das Haar zerzaust, und die nicht salzig, sondern bitter schmeckenden Wasserspritzer. Ich werde nur ich sein, alleine, keine Faxspinne, kein Stasi-Fußpilz und keine unangebrachten jüdischen Witze von Oliver. Und ich werde diese italienischen Schnalzblicke genießen, mit denen die Männer dort einer schlanken «Bionda» nachsehen. Man ist mehr Frau dort. Trotzköpfchens Reise nach Venedig.

OLIVERS TAGEBUCH

25.4.

Schäme mich dieses rechthaberischen Zitatzettels, den ich in Myriams Tasche geschmuggelt habe (und nun nicht mehr rauskriege, sie fliegt morgen früh). Meine Idee, ich sei auf diese Weise «bei ihr», war töricht. Übermorgen entscheiden unsere Virus-Doktoren ...

MYRIAMS TAGEBUCH

1.5.

Nun ist also passiert, was so banal ist, wenn man davon liest, und was ein Funkenwunder ist, wenn man es lebt: ich habe Oliver betrogen. Auch noch, was für ein Klischee, in Venedig.

Die Tagung dort und mein Vortrag über die Entwicklung der Kostümgeschichte im 18. Jahrhundert sind wohl von Beginn an Vorwand gewesen: fast war ich nicht überrascht, als strahlend jung dieser ältere Augenarzt in der Halle des Flughafens stand, einen Riesenstrauß weißer Rosen in der Hand. Ich hatte es «gewußt». An dem Abend neulich in Berlin waren zu viele Fünkchen gestoben, lauter kleine, beißende Schmerze. Der Mann ist bestimmt Anfang 60, er könnte Olivers Vater sein. Obwohl dünner, kleiner, so ganz und gar nicht bärenhaft, ein schwarzhaariger Vater-Gamin mit undefinierbar traurigen Augen und einem skeptischen Lächeln um die Lippen, das sich rechts und links einkerbt, als wolle er ein Zeichen setzen, «Nimm's nicht zu ernst, ich nehme es alles auch nicht so ernst».

Er ließ das Taxiboot nicht direkt zum Hotel fahren, einen Umweg über Rialto machen, zerpflückte die Rosen in den Gischtschweif des Bootes hinein, Schnee bestäubte die Lächelwellen des Canale Grande im Licht des Mai-Nachmittags, und wir sprachen nicht ein Wort. Alles hatte den stummen Schnitt des Verrats.

Das Seltsame nur, daß es auch wieder ohne Verrat war, daß Oliver auf unheimliche Weise *dabei* war; als ich diesen so viel knabenhafteren, zarten Männerkörper spürte, spulte in mir ein doppelt belichteter Film ab – die beiden Männer waren eines, gerade weil so sehr verschieden. Dieser Georg, der mit sehr genießerischer Behutsamkeit in mich dringt, verlegen fast, ist so sehr das Gegenteil von Olivers stürmischer Begierde. Dieser hier scheint gar nicht an die eigene Lust zu denken, erkundet von meinen Fingerspitzen bis zu den Hüften nur mich; als nähme er sich mit seinem skeptischen Lächeln auch jetzt nicht ernst.

Es war eine Nacht zu dritt. Ich umfing diesen noch fremd nach Pfeifentabak und etwas Bitterem schmekkenden Mann und empfing zugleich Oliver, einander abstoßende, sich überschlagende, ineinander gischtende Wellen, unter deren Rosenschnee ich versank.

3.5.

Zwei Venedig-Tage hinter mir, wie sie jeder Mensch einmal im Leben erfahren sollte – voller Angstglück; weil nicht geht, was ich tue, und weil's eigentlich gar nicht gibt, was mit mir geschieht.

Dieser Mann ist nicht bloß ein Frauenkenner, der warten kann, der nur gibt, indem er nimmt. Er ist nie fordernd, aber immer da – mit Gesten von einer Grazie, die betört (etwa, wenn er spät nachts die Vorhänge schließt, als lege er mir einen Mantel um), oder wenn er mir beim Frühstück eine Tomate schneidet, Öl und Essig darauf tröpfelt, etwas Pfeffer dazu – er muß diese kleine Vorliebe damals bei seinem Besuch bemerkt haben; es ist ein wortloses Signal.

Gestern war Tagungspause, und da er meinen Ablaufplan kannte, hatte er – «Sonntags ist die Stadt unerträglich voll, sagt man» – einen Tisch im Restaurant in Torcello bestellt, ein Boot für die Fahrt zu der vor Venedig gelegenen Insel gemietet: in dem eine Wolldecke für mich bereit lag. Und immer ein Schatten, auch im glücklichsten Lächeln; «wann ich da wohl liege», es klang so selbstversunken, als wir an der Friedhofsinsel vorbeisausten, oder «Jeder Mann hat wohl eine letzte Liebe».

Ist dieser vorweggenommene Abschied gar ein Reiz? Liegt im Schmerz auch eine Lockung? Ob das Tuch um die Schultern, ob die Frage «Der beste Rotwein ist Brunello di Montalcino – oder lieber Weißwein?»: Er stellt sich immer daneben, zögernd und voller Erwartung zugleich. Er spricht, erzählt wenig, und ich spüre, in dem Schweigen nistet ein Geheimnis. Erst dem Satz hoch oben auf dem Campanile von St. Giorgio, «Du breitest Venedig für mich aus, ich hatte mir das aufgespart», konnte ich entnehmen, daß der Mann noch nie in Venedig gewesen war.

Und erst am letzten Abend, wir saßen auf der Kanalterrasse des Hotels Monaco, in den Blumenkasten des Geländers vor uns hatte er eine lange Rose gesteckt, lüftete er einen Zipfel: «Sieh mal, ich hab dir ein Kinderbild mitgebracht, meine Zwillingsschwester Ruth und ich, wohl so um 1941.» Ich sah zwei ungefähr acht- bis zehnjährige Kinder, die Gesichter beherrscht von riesigen tiefschwarzen Augen. Am Aufschlag ihrer Mäntelchen ein gelber Stern. Das Salz der Nacht schmeckte nach seinem Samen und meinen Tränen; denen einer Lügnerin.

Nachtrag 5 Uhr morgens

Konnte keinen Schlaf finden, das Glutpünktchen von Georgs letzter Zigarette – normalerweise hasse ich Rauchen im Schlafzimmer – schneidet brennend in meinen Kopf. Das sind jetzt nur drei Tage, doch sie haben mich in einen Wachrausch versetzt. Ob Drogen so eine Wirkung haben, diesen Austausch: das Begehren nicht als Wunsch nach Erfüllung, sondern das Begehren selber zu genießen? Meine Hitze ist ganz kalt, ich weiß das Glück mehr, als daß ich's spüre. Ich bin überbelichtet. Jede seiner Bewegungen – und auch meiner – sind ein Zittern und ein fast registrierendes Wahrnehmen zugleich. Wo habe ich neulich das Wort Kopferotik gelesen?

So sitze ich hier im Bademantel, trinke Pellegrino und lese noch einmal den Satz auf dem zerknautschten Zettel, den Oliver mir in meine Tasche geschmuggelt hat, ein paar Zeilen aus einem Brief Tucholskys an seinen Freund Hasenclever, Summe unseres Streits von neulich über diesen jüdischen Kulturbund: «Da sehen Sie, daß dieselben Leute, die auf vielen Gebieten die erste Geige gespielt haben, das Ghetto AKZEPTIEREN, die Idee des Ghettos und ihre Ausführung... Man sperrt sie ein; man pfercht sie in Judentheater mit vier gelben Flecken vorn und hinten, und sie haben (wie ich das höre!) nur einen Ehrgeiz: ‹Nun werden wir ihnen mal zeigen, daß wir das bessere Theater haben!› – Pfui Deibel!»

Es ist wie ein Kassiber – und ausgerechnet diesen Tucholsky-Satz, der ja auch ein Oliver-Satz ist, mußte ich heute abend im «Caravelle» Georg vorlesen, dessen Vater also dort Fotograf gewesen war. Doch ganz anders als so oft Oliver mit seiner manchmal plump-rechthaberischen Direktheit reagierte er, als nähme er von etwas Abschied: «Ganz unrecht hat der Tucholsky nicht. In Berlin zu bleiben unter den johlenden Horden, sich gar noch ein Kulturgärtchen zu bestellen – das hatte auch was Unwürdiges, Schmähliches. Zurückgekehrte Emigranten haben meinem Vater das zum Beispiel vorgeworfen, wie er gleichsam vor Hitler habe fotografieren können, wie andere haben geigen, tanzen, Pirandello spielen können, während sie mit dem gelben Stern gebrandmarkt waren, die Verhaftungen längst rasten, Eigentum konfisziert – arisiert – wurde; nach Auflösung dieses Kulturbundes 1941 wurden ja nicht nur die meisten Mitglieder verhaftet, sondern die Verhafteten wurden auch gezwungen, Hilfsdienste zur Vorbereitung der bald beginnenden Deportationen zu leisten. Nur – warum sollen Juden nicht wie alle anderen Menschen auch gelegentlich feige sein, unwürdig sein? Es gab jüdische Kapos in den KZ's und jüdische Schieber nach dem Krieg, und es gibt auch heute dubiose, gar widerliche jüdische Spekulanten. Eher das ist doch Normalität. Wer Juden immer nur einen Max Reinhardt oder Marc Chagall erlaubt, vielleicht noch einen Rothschild, den aber bitte möglichst schon in der dritten Generation mit grauem Zylinder beim Derby in Auteuil – *der* ist in meinem Dafürhalten Antisemit.»

Das erste Mal hatte ich unter seiner Sanftheit einen ganz dünnen, feinen Stahl gespürt, ein Keuchen von Atemnot. Es war intimer als Intimes. Der Doktor Hexenmeister hat mir ein Haar durchs Herz gezogen.

3.5.

Ohne Myriam lebe ich leer. Hautlos auch. Alles schlägt durch. Könnte den Computer mit einem Leporello aus Schreck, Angst und Wut füttern; in Berlin-Pankow randalieren Rechtsradikale mit dem Hitlergruß und «Sieg Heil» (26 Festgenommene werden umgehend freigelassen); in Halle wird ein Schwarzer zusammengeschlagen, eine Frau, die helfen will, verletzt; in Passau versucht ein 18jähriger «aus Zorn auf Ausländer» ein Asylbewerberheim anzuzünden; in Siegburg bei Bonn Brandanschlag auf einen deutsch-türkischen Kindergarten (Schaden 1 Million); in Gerwisch bei Magdeburg wird ein Camp mit 50 Rechtsradikalen und 33 Skinheads unter wehender Reichskriegsflagge entdeckt – alle, trotz Naziparolen-Gegröle werden freigelassen; im niedersächsischen Hetendorf Aufmarsch von 150 Mann der Wiking-Jugend: das ist *ein* deutsches Wochenende.

Ich bin weder «schwarz» noch «gelb», sehe überhaupt gar nicht irgendwie auffällig aus. Aber mir ist unheimlich. Meine Eltern, die in einem kleinen Dorf bei Stuttgart leben, haben Angst. «Nur» demütigend die Szene neulich auf der Bank: «Du hinten anstellen, erst kommt der Herr hier dran» herrschte der Schalterbeamte meinen Vater an – «der Herr» war ich! Wenn Myriam bloß erst aus dem blöden Venedig zurück wäre, wo sie sich außerdem alleine langweilen wird – ich brauche sie sehr, ihre Wärme, ihren Schutz, ihre Nähe, ihre Ehrlichkeit.

5.5.

Nacht im Säurebad. Wieder zu Hause. Wie man manchmal eine Melodie nicht aus dem Kopf bekommt, so ist in mir das Bild des Abschiedsabends mit Georg in Venedig eingestanzt – der kühle, leere Markusplatz, «unser Ballsaal», die ekelhaften Tauben schliefen wohl schon, und wir tranken Fernet-Branca. Während ich Olivers aufgestaute Zärtlichkeit spürte, sah ich Georgs Schattenaugen, spürte dessen und nicht Olivers Hände, die ich zugleich genoß. Es war wie ein doppelter Höhepunkt, mit gierigem Hunger sah ich zu, wie Oliver sich masturbierte – als nähme er den schlankeren Schwanz in die Hand. Ich begehre diese zwei Männer in *einem*.

Ich heulte über mich, auch über mich als so zynisch-kitschige Provinz-Bovary.

OLIVERS TAGEBUCH

6.5.

War ich «über-freut» gestern? Wir blieben einander fern. Myriam hat auch abends kaum von Venedig erzählt, obwohl sie dort anscheinend für einen wichtigen Preis vorgeschlagen worden ist. Nur im Kopf waren wir uns nahe – sie weinte, als ich ihr wiederholte, daß mein Bruder kürzlich auf einer Veranstaltung vorgestellt wurde, «Er ist politisch aktiv und Ausländer». Sie ist doch ein anständiger Kerl. Ich mag auch nicht *die Deutschen* denken. Obwohl, obwohl – «Vorsicht, dann stirbt der Jud», sagt man in Süddeutschland, wenn sich Hände bei der Begrüßung überkreuzen. In Österreich, las ich kürzlich, heißt die Klitoris «Jud», und auch eine Zigarette, die nicht richtig angezündet ist, wird «Jud» genannt.

10.5.

Mitten in die Beschwingtheit ein Riß. Ich war zwei Tage in Berlin, wo man mir einen Lehrauftrag für Kostümkunde und Ausstattung in der letzten in Ostberlin übriggebliebenen Schauspielschule anbietet. Oliver, am Telefon, verstand meine Aufgeregtheit nicht, ich hörte ihn förmlich das Wort «eitel» ins Telefon schweigen; immer mal wieder glaube ich, er hält mich für eine Mischung aus Kulissenmaler und Film-Mieze und will partout nicht sehen, daß Kostümstudien vom Barock bis zu den 20er Jahren sogar Teil der Kunstgeschichte sind. Wieso macht man eine Ausstellung von René Gruau samt umfangreichem Katalog? Er ist gewiß ohne Neid. Daß ich mehr verdiene, nicht in Bürostunden und abgezirkelte Urlaubstage eingegittert bin, das macht ihm scheinbar nichts aus. Er ist aber auch ohne Horizont. Meine gewisse kleine Reputation kann er vielleicht einschätzen, aber er kann nicht wertschätzen, daß ihr ein Anderssein zugrunde liegt. Dieses «Alle Menschen sind gleich»-Gequassel, auch noch durch ein verspätetes 68er Sieb gerührt, läßt ihn Unterschiede nicht einmal leugnen: er nimmt sie gar nicht wahr. Ja ja – Picasso und der Postbote sind gleich: vor dem Gesetz; Gott sei Dank. Aber sie sind nicht Gleiche. Nun bin ich zwar nicht eine Madame Picasso. Aber ich bin auch nicht Postbotin. Und nicht Archiv-Angestellte.

Mein enttäuschter, auch etwas gelangweilter Zorn fackelte die Flamme mächtig an – gleich nach dem hohlen Telefonat schien mir jede Handbewegung dieses sich so leise bewegenden älteren Mannes faszinierend. Als er mir im Restaurant Feuer gab, stand in dem Streichholzbriefchen «Ich glaich dich» – ich liebe dich. Mein Campariglas zerdepperte auf dem kleinen Marmortisch. Zum ersten Mal erzählte er von sich, von seiner Familie – der russischen, aber arischen Mutter, die ihre «Halbjuden»-Kinder durch die Nazizeit gerettet hatte, sommers auf Hiddensee, wo sie – ohne Lebensmittelkarten – von Blaubeeren und etwas Milch der Bauern gelebt hatten; derweil war ihr jüdischer Mann zur Zwangsarbeit in einer Munitionsfabrik verpflichtet, er durfte Granaten für die Nazis drehen, später ihre Uniformen waschen. Er war in den 20er und 30er Jahren ein berühmter Fotograf gewesen – «Ich habe ihn vielleicht mehr geliebt als je eine Frau», stieß er spontan hervor, und ich fand es gut. «Die Foto-Ausstellung, die wir neulich hier sahen – das waren seine Fotos.»

Diese ironisch-skeptische linke Augenbrauenspitze schien noch steiler, als er fortfuhr, «Und jetzt wäre Gelegenheit zu einer kleinen Erinnerung an ihn gewesen: Eines der Kinderbilder von meiner Schwester Ruth und mir – ähnlich dem, das ich dir in Venedig zeigte –, sollte in die Glasplatte eingeschmolzen werden, die man als Mahnmal an 2000 ermordete Juden des Bezirks Berlin-Steglitz aufstellen wollte. Aber das Stadtparlament wehrte sich – die Bewohner von Steglitz wollten nicht gemahnt werden. Daß es nun gegen den Widerstand dieser Leute, die damals keinen Widerstand geleistet haben, doch noch errichtet wird – eigentlich schändlich.» Er gab mir zwei mit Schreibmaschine eng betippte Blatt Papier – die Einweihungsrede seiner Zwillingsschwester Ruth; von so leiser, doch abgrundtiefer Trauer, daß ich sie mir hier einhefte.

«Verehrte Anwesende!

Wenn Sie Ihren Blick über die Spiegelwand gleiten lassen, verweilen Sie einen Augenblick bei dem Bild der zwei Kinder mit dem Chanukka-Leuchter.

An dem Leuchter, der Chanukkiah, wird an jedem Tag des achttägigen Chanukka-Festes ein weiteres Licht angezündet, bis alle Lichter brennen zur Erinnerung an den Aufstand der Hasmonäer unter Juda Makkabi im Jahre 167 gegen die Syrer, deren Vielgötterglauben sie nicht annehmen wollten. Sie haben die Syrer besiegt und den Tempel neu geweiht. Das Licht im Tempel war nicht erloschen, obwohl das Öl für die Menora längst verbraucht war. Chanukka-Lichter anzünden bedeutet Erinnern, Hoffen, Glauben auch an Wunder, wie es in einem der Danksprüche heißt, die man beim Anzünden der Lichter sagt: scheassa nissim la awotenu bajamin hahem, basman hase, der Wunder getan hat an unseren Vätern in jenen Tagen zu dieser Zeit.

Das Bild ist die Wiedergabe einer Fotografie meines Vaters aus dem Jahre 1935, die Kinder sind mein Bruder Georg und ich. Unser Vater, der 1983 in Berlin gestorben ist, hat bis 1941, als er zur Zwangsarbeit geholt wurde, mit seiner täglichen fotografischen Arbeit die Lebenssituation der 170 000 Mitglieder zählenden Jüdischen Gemeinde dokumentiert und die Gesichter vieler jüdischer Menschen, die damals hier lebten und dann vertrieben oder vernichtet wurden. Er überlebte die Verfolgungszeit, weil unsere Mutter – wie es damals hieß – ‹arisch› war und sich in ihrer täglich neu zu beweisenden Tapferkeit nicht einschüchtern ließ; weil etliche Zufälle uns halfen, auch Freunde, und weil unsere Nachbarn uns nicht angezeigt haben, als wir den Stern von unseren Kleidern trennten.

Mein Bruder Georg wurde im Jüdischen Krankenhaus in der Iranischen Straße geboren. Berlin ist seine Stadt. Aber er ist – wie wir alle Übriggebliebenen – heimatlos geworden und ist es geblieben. Er hat diese jüdische Kindheit mit dem Stern an seiner Joppe – ausgespuckt von der Gesellschaft und zum Abschuß freigegeben – und das Verschwinden all der Menschen, die unsere Kindheit warm und schön gemacht haben, nicht vergessen und verwinden können.

Das Projekt der Spiegelwand erwies sich für uns als ungewöhnlich bedeutsam. An den Toten können wir nichts wiedergutmachen, wir können ihnen nichts wiedergeben. Aber, wenn man das Ende dieser Menschen bedenkt, Asche in den Lüften geworden zu sein, irgendwo abgesunken, namenlos, dann ist ein Ort wie dieser doch wenigstens ein Ort, der für sie und für uns etwas von ihnen festhält, einen Namen, einen Vornamen, ein Geburtsdatum, eine letzte Adresse, der öffentlich bezeugt, diese Menschen haben hier als unbescholtene Bürger gelebt, hier hatten sie Bürgerrechte.

Mein Bruder und ich wünschen uns, daß mit der Fotografie unseres Vaters mit uns Kindern und den brennenden Kerzen am Chanukka-Leuchter Gefühle des trauernden Gedenkens vermittelt werden mögen, ein Jiskor, für die Kinder, die nicht leben durften, weil sie Juden waren und weil ihre Eltern und Großeltern sie gelehrt hatten, die Chanukka-Lichter anzuzünden, unter ihnen meine Freundinnen meines Geburtsjahrgangs 1931, die elfjährig diesen unsäglichen Tod sterben mußten: Thea Fuß, Rahel Schlesinger, Eva Kozower. Sie waren Kinder dieser Stadt.

Vor aller Augen wurden sie mitten durch die Stadt zu den Bahnhöfen geführt. Vor aller Augen wie hier mitten auf dem Marktplatz ist der einzig richtige Ort, an sie zu erinnern und trauernd ihrer zu gedenken.»

Dieser Mann trägt überall die Male vielmals gestorbener kleiner Tode, wie feine Asche zwischen den Härchen seiner Finger, wie schwarzes Spinnweb die Nacktheit seines alternden Knabenkörpers überziehend. Zwei Nächte im Furor. Der jäh erloschen. Olivers plötzliche Abreise hat mich betäubt und gelähmt. Muß abbrechen, weil ich ihm schreiben will.

OLIVERS TAGEBUCH

13.5.

Wovor ich fliehe, weiß ich nicht. Es ist ein Rinnsal Kälte zwischen Myriam und mir. Da mir ohnehin diese Umstellung auf Computer im Archiv zum Halse heraushängt – bisher waren auch wir Archivare ja am Rande wenigstens mit Inhalten befaßt –, haben die mir zehn Tage Urlaub gegeben. Schade, daß sich das nicht zwei Wochen vorher angeboten hat, für Venedig, mit ihr.

Und nun sitze ich hier auf Amrum. Norden pur. Der endlose Strand – man sagt, der längste der nordfriesischen Inseln –, die wirr getürmte Dünenlandschaft, der mächtige Leuchtturm, der klagende Ruf des Kukkucks und das ängstliche Geschrei der Austernfischer: zu den verrauchten Stadtqualen verhält sich das wie klarer Korn zu Kakaolikör. Ich fliehe vor Deutschland nach Deutschland.

Oder wovor fliehe ich? Das eben weiß ich nicht genau. Im Moment meiner Ankunft kam ich mir vor wie ein abgerissenes Blatt, verloren wie die Namen auf den Grabsteinen des St.-Clemens-Friedhofs: Kundten, Oluf, Quedens; oder so einsam wie die zwölf sehr schönen gotischen Holzapostel in der St.-Clemens-Kirche. Irgend etwas stimmt nicht zwischen Myriam und mir, es ist wie diese unheimlichen Gezeiten hier – eben konnte man noch auf festem Boden übers Watt nach Föhr hinüberwandern, und im nächsten Augenblick ist da kein Pfad mehr, nur gurgelndes und schäumendes Wasser. Haben acht Jahre das Maß an Gemeinsamkeit ausgeschöpft? Ist die Batterie unserer Spannung erschöpft? Sind wir ausgetrunken? Wie man doch den eigenen Kopf nicht definieren kann – während ich so etwas niederschreibe, freue ich mich auf den einsamen Abend, das Bier, gebratene Scholle, den Abendspaziergang durch Nebel und zum Strand hinunter; und fürchte mich davor. Es ist nicht Sex, was ich vermisse, es ist vertraute Nähe, Vertrauen, das Wir, zu dem wir doch zusammengewachsen sind. Ob der Nordseewind meine Gedanken kämmen wird?

Nachtrag vom nächsten Tag

Die Landschaft hat etwas Reinigendes, macht aber auch nervös. Lag vormittags an einem Landmeer: eine sanft bis fast an den Strand hinunter geschwungene Wiese mit blauen Blumen, die die Bauern Bienenweide nennen, und über diesem Azurteppich wehten Wellen – die Bienen, derentwegen sie die Blumen aussäen. Eine nordische Fata Morgana, ein ins leicht lila waberndes Meer ohne Wasser – zwei Stunden oder mehr lag ich an dieser Blütenküste und träumte schwarz. Das Buchhalterische in mir macht sich eine Notiz «Name der Blume nachschlagen», die mich in ihren Romantik-Teppich rollt. Wahrlich, Deutschland pur, im doppelten Sinn – in den Morgenzeitungen durfte ich zum Kaffee lesen, daß in Hannover ein 16jähriger türkischer Junge von einem Polizisten erschossen wurde, der ihn beim Plakatekleben erwischt hatte: «Im Gerangel habe sich der Schuß aus der Polizeiwaffe gelöst, die aus dem Holster gerutscht sei.»

Das sind die gleichen Leute, die hier mit ihren Kindern Drachen fliegen lassen. Sie sind mir oft regelrecht widerlich, die Männer in diesen ewigen kurzen Hosen, aus denen die scheußlichen Stachelbeerbeine mit Krampfadern stampfen – ein Infantilitätsbedürfnis, zurück zu Onanie und Mama. Je bäucher sie hängen, desto außer sie sich ziehen. Bemerken sie nicht, wie ekelhaft sie aussehen in ihren grauen Sandalen mit gemusterten Socken, auf dem T-Shirt den Aufdruck einer amerikanischen Universität, von der sie noch nicht einmal wissen, wo sie ist, während sich ihr Sprachschatz auf «Alles klar» beschränkt oder auf «Ich gehe davon aus». Ihr Höhepunkt heißt «Vati, kremst du mir mal den Rücken ein» und ihre Vorstellung vom Paradies «Nackt, aber mit Rucksack». Wie schön sind die jungen Türken, Italiener, Afghanen; welche Grazie der Körpersprache. Sollen sie doch froh sein, diese Deutschen, «unterraßt» zu werden. Unter Freiheit verstehen sie, sich auszuziehen, unter Freizeit ein kariertes Hemd und unter Reisen, den Kellner in Toledo zu duzen. Wobei mir einfällt: Ich bin noch nie in Toledo gewesen. Das abgerissene Blatt.

Fühle mich kläglich und einsam. Habe Sehnsucht.

15.5.

Unheimliche Balance: weil Oliver weg ist, schwindet Georg. Der ganze Zauber ist zerstoben, er ist plötzlich ein Irgendwer, irgendein Mann, den man halt kennt, ohne jegliche erotische Spannung, die Stimme, die mich am Telefon so elektrisierte, scheint mir plötzlich falsch berlinisch; gleichgültig. Ich spreche von beruflichen Dingen, dem Lehrauftrag, dem Filmplan. Kein einziges Blinkzeichen, kein Code-Wort. Nicht, daß ich es nicht *will* – es ist einfach nicht da. Als habe Oliver den Magnet mitgenommen und dort in seine Nordsee geworfen. Ich sehne mich stärker nach ihm, nach unserem normalen Alltag, nach dem Geräusch, wie er den Schlüssel im Schloß umdreht, wenn er abends kommt, und die Hotel- oder Lagunen-Heimlichkeiten sind mir auf einmal klebrig. Das Blinkfeuer hat keinen Strom. Es flackerte, verrückt, wieder auf, als ein traurig-liebevoller Brief von Oliver kam, der von seinen langen Strandspaziergängen, dem grünlichen Mai-Himmel über dem Sichelhaar der Dünen und den «gemütlich-einsamen» Abenden bei Bier und Korn erzählte. Der Brief wärmte mich – und ich rief in Berlin an.

OLIVERS TAGEBUCH

15.5.

Inseln haben etwas Bedrohliches. Es ist herrlich, wie der Wind einem das Gehirn durchpustet und man das Salz von der eigenen Haut lecken kann, aber es schleift sich doch auch eine eigene Traurigkeit ein. Dieses ‹Deutschland pur› macht mich ganz zum Ausländer – ungerecht, hat etwas Trotzig-Kindisches. Obwohl: wenn ich gestern in der Kneipe einen Bericht lese, daß eine Augsburger Versicherung in ihrer vertraulichen Anweisung an die Mitarbeiter verfügt, «türkischen, jugoslawischen, griechischen und spanischen Kfz-Haltern» die Haftpflichtversicherung zu verweigern, dann komme ich mir gar nicht nur trotzig vor. Schon höre ich statt der kreischenden Möwen mich mit Myriam streiten, höre ich ihr «Spiel hier nicht ewig den Ausländer». Aber tatsächlich würde mir mit meinem spanischen Paß die Versicherung die Kasko-Police verweigern. Ich fühlte mich weniger als Fremder, wäre Myriam da. Die Natur bleibt eigenartig dumpf – diese wie glänzende Walrücken sich buckelnden Sandbänke oder die zarte Frauenhaut des perlmuttenen Muschelinneren: es ist nur schön, wenn man dem anderen sagen kann, «Sieh mal, ist das nicht schön?» Wie dick gedreht doch das Tau dieser acht Jahre ist.

Dabei bin ich mir selber ziemlich peinlich. Habe tatsächlich im Archiv angerufen, um den Namen dieser Blume herauszufinden: Phacelea. Was habe ich nun davon? Dieser Sammel- und Bewahrtrieb, nein: Tick. Es weckt buchstäblich ein Wohlgefühl, wenn die Dose

Orange-Pekoe-Tee voll ist, wenn ich ein neues Stück Seife aus der Verpackung pelle, wenn ich eine frische Zahnpastatube anbreche – die Reste, das Alte, Verbrauchte ekeln mich. Ist dieses Bedürfnis nach Dauerndem, Zählbarem eine Art psychisches Vorratsdenken? Liegt das meiner Beziehung zu Myriam irgendwie zugrunde – hat diese Liebe auch etwas von der sattmachenden Behaglichkeit einer Scheune? Oder entpuppt sich da der Sohn andalusischer Bauern; nicht nur in Gedanken, nein, sogar in der Zärtlichkeit habe ich ein Grund- und Boden-Gefühl: das ist meines, das ist «gefüllt», das ist sicherer Grund, auf dem ich siedeln kann.

Eine winzige Beobachtung geht mir nicht aus dem Sinn. Neben der Sandkuhle, in der ich mich sonnte, lief piepsend und mit dem roten Schnabel nach mir hakkend, ein Vogel hin und her, die Flügel hingen etwas. Erst dachte ich, er will spielen, dann, er sei krank. Bis ich plötzlich drei kleine gesprenkelte Eier auf getrocknetem Tang sah – ich hatte die kleine Vogelmutter beim Brüten gestört. So wanderte ich zu einem Kiosk, holte eine Pappschale mit Wasser. Inzwischen hatte sich dort ein Paar niedergelassen. Ich sagte, «Vorsicht. Hier brütet ein kleiner Vogel.» Der Mann muffelte: «Mir egal.» Die junge Frau sagte, «Nein, da gehen wir, da darf man nicht stören». Dem Mann war's egal, für die Frau war's Geburt. Mannfrau Oliver holte Wasser. Ist mein «Scheunengefühl» eine miese Kalkulation?

Myriam hat so gar nichts davon, ist immer ein wenig unwägbar, unstet, spielerisch, sogar hochstaplerisch. Auch in ihrem Gefühl? Sie liebt die Wortwurzel von Leichtsinn, die sie als «leichter Sinn» erklärt. Gerade in letzter Zeit scheint mir, ich erhasche sie in einer

Fluchtbewegung, in einem Vogelschwung, der sich zu einem Bogen ausspannt, von dem ich biederlich ein unteres Quentchen greife, das ich für Erfüllung halte. Ihre? Meine? Unsere? Ein gleichzeitiger Orgasmus muß vielleicht nicht ein gemeinsamer sein. Als stecke da eine Frau in mir, und sie ist der Mann, der Jäger – dem ist die Jagd das Eigentliche, nicht die Beute; ich pökele derweil das Wildbret ein.

17.5.

Versinke in dieser deutschen Landschaft wie in einem Morast, der Wind macht den Kopf frei, aber weht das Gemüt zu und die Nerven bloß.

Mir geht der Intimitätsterror auf den Geist, mit dem sich jeder – «Na, so alleine heute?» – zu einem an den Kneipentisch setzt; und schon Minuten später kenne ich einen ganzen Lebensroman (den ich aber nicht lesen will) von «früh verwitwet» oder «Kinder ohne Frau großgezogen» und dem «sensiblen Sohn, er ist jetzt Studienrat, schreibt sehr schöne Gedichte» bis zum wohlhabenden Bochumer Nachbarn Bösefleisch, dessen Frau am hellerlichten Tage ermordet wurde, «Sie war im Krankenhaus gewesen, und die Krankenschwester hat gequatscht, und deren Freund, ein Pole, Sie verstehen schon...».

Ich vermag derlei nicht zu überhören, meine Spaziergänge sind Reinigungsbad. Am Leuchtturm vorbei umfängt den Spaziergänger eine geradezu bestürzende Stille, eine Art vielstimmiges Schweigen, dessen Wispern sich zusammensetzt aus dem Schirpen des

Strandhafers, dem schleifenden Flügelschlag der Möwen, dem Gunksen des auf dem Sand spielenden Wassers. Schwer zu definieren, worin das Betörende, die Melancholie dieser meist menschenleeren Landschaft besteht, deren Horizont sich in so einem Frühsommer unendlich dehnt – der Himmel gleicht dem Perlmutt einer Riesenmuschel, graugrün mit zarten Fäden von Rosa und Violett durchzogen. Die weiß getünchten Reetdachhäuser liegen wie Perlen in Kissen aus Rhododendron und Flieder und Goldregen gebettet. Dünen gibt es ja auch anderswo, Möwen kreischen an jedem Meer, und auch Ginster soll in anderen Landschaften blühen. Und dennoch: diese Mischung aus südlichem Glast, wenn die Sonne die Luft über den endlos scheinenden Stränden sirren macht und nördlicher Störrischkeit öffnet der Seele Fenster. Es ist, was es vielleicht gar nicht gibt: deutsch undeutsch. Eines dieser raunenden Märchen. Die morgendlich heranknechenden Seenebel, gegen Mittag von der Sonne aufgeleckt; die lila mit Heidekraut wattierten Mulden, in denen abends pünktlich die Kaninchen äsen; die Mondsichel, die über den beinern fahlen Dünen Wolkenfetzen am Himmel zunäht; der Salz-Atem und die winzigen im Sand wachsenden blauvioletten wilden Stiefmütterchen in ihrem koketten roten Schleier aus tanzenden Marienkäfern – alles, wie jene deutschen Märchen, auch verdammt gruselig.

Ich bin ganz miesepetrig und vermurrt, und selbst mein lilablaues Bienenmeer foppt mich. Ich blöder Kerl habe doch tatsächlich ein zweites Mal unser Archiv angerufen – weg ist die Poesie, nix mehr mit «blaue Blume». Das Ding heißt vollständig Phacelia tanacetifolia oder «Büschelschön» und kommt wie alles Gute aus California. Gepflanzt wird's aber nicht wegen schön, sondern wegen anderer Büschel: Geld. Die EU-Agrarreform schreibt vor, daß Landwirte auf Brachflächen keine Früchte anbauen dürfen, und da diese Pflanze die Qualität des Bodens verbessert, «erntet» der Bauer Zuschuß; sogar die Queen of England hat bereits eine Million für das von mir geliebte Lilablau kassiert.

So zerschneide ich mir die Ferienfotos, komme weder am endlos wirkenden Kniepsand zur Ruhe noch beim Radfahren zum Seevogelschutzgebiet im Norden der Insel. Das schneeige Plustern des Gefiederteppichs dösender Möwen in einer Dünensenke macht mich erregt statt ruhig. Wobei in diesen Tagen alte deutsche Wörter sich in mir aufblähen, die mein Deutschlehrer so gerne erklärte und mit denen er «unseren kleinen Spanier» ebenso gerne piesackte – als schützten sie vor dem Eindringling: Enthalt statt Aufenthalt, erdummen statt verdummen, schlägefaul statt unempfindlich gegen Schläge und fischenzen statt nach Fischen riechend.

Die Zeiten sägen sich ineinander. Dafür steht am Eingang der Kurverwaltung ein Computer, auf dessen Schirm zu lesen ist: «Ich bin gestört, komme gleich wieder.» Ein Computer, der Ich sagt! Das schwierigste Wort der Menschensprache als maschinelles Programm.

Meine Seele schleift, bei der Ausfahrt im Fährhafen von Wittdün mit der «Eilun» zu den Seehundbänken habe ich statt der Begrüßungsworte von Käptn Tadsen das ordinäre Schunkellied «Das kann doch einen Seemann nicht erschüttern» im Ohr. Die Entfernung bringt mich ganz nahe zu Myriam. Mein Anker.

20.5.

Ich bekomme die Venedig-Tage nicht aus den Poren. Es war so leichtfertig, so genau, so tänzerisch, so ernst – alles in einem. Gibt es etwas, das man «erotische Akupunktur» nennen kann? Dieser Mann setzt viele feine Nadeln an Nervenpunkte an, von deren Vorhandensein ich nichts wußte, und er schiebt die Kulissen dieser totfotografierten Stadt neu zusammen, selbst ein Espresso im Café Florian ist die Neuerfindung von Café und Kaffee. Als er den Porphyr des geraubten ägyptisch-römischen Tetrarchen, eingemauert in der rechten Ecke der Markuskirche, streichelte, spürte ich seine Finger, wollte sie in mir. Es war, als striche er mir durchs Haar, als er sagte, «Wie schön Geraubtes sein kann. Ich nehme ihm nichts weg.» Ich hatte Schmetterlinge im Magen. Nun standen wir vor den Tintorettos in St. Giorgio, er warf noch eine 100-Lire-Münze in den Scheinwerferautomaten und noch eine und noch eine – und wir sprachen kein Wort.

Es ist versehrend, diese Trug-Liebe, sie trägt mich in den Wind hoch oben über den Lagunen, sie ritzt mit nadelfeinen Messerchen eine Lust in mir hervor, ein Begehren jede Stunde des Tages, deren Scham ich schmecke, bittersüß wie der Cynar, den er nach dem Essen mit Eis trinkt. Meine eroberungssüchtige Verliebtheit ins Glück, meine Gier ist irgendwie männlich – es erstaunte mich kaum, als er sagte, «Du bist mein Verführer». Auf mein dennoch vorgetäuschtes Erstaunen kamen sonderbare Erklärungssplitter, daß *der*

Mond und *la* lune, *das* Meer und *la* mer, *le* lied und *la* mélodie so durcheinandergingen, daß ich manche kleine Bewegungen ganz wie Oliver an mir hätte – er sprach den Namen ohne Scheu aus –, ob ich eigentlich wüßte, daß sie damals, bei seinem ersten Besuch, nackt voreinander gestanden hätten, und ob mir klar sei, daß Männer, nackt, stets als erstes das Glied des anderen taxierten wie eine eventuell überlegene Waffe, daß zwischen ihnen aber ein sekundenkleiner Komplizenfaden sich gesponnen hätte, eine fernschüchterne Nähe.

Wer ist wessen Mannfrau in dieser Geometrie, die mal Gunter-Kriemhild-Siegfried plärrt und mal die Verlorenheit des Minotaurus hat. Ich kann das noch immer nicht enträtseln, zumal die Nacht im Teatro Fenice mich betäubt hat wie der Geruch dieser riesigen weißen Blumenglocken, die in manchen Gärten verfallender Palazzi sich blähen; man sagt, im Orient habe man das Schlafzimmer des zu Gast weilenden Rivalen damit angefüllt – am nächsten Morgen war er im süß schweren Vanilleduft erstickt. Mit Berliner Chuzpe hatte Georg zwei Karten für «Tristano et Isotta» ergattert, war ins Pressebüro des Theaters gegangen, hatte meinen Namen, den der Berliner Fernsehanstalt genannt – kurzum: er schwenkte als Fahne der Überraschung die Karten –, eine Loge nur für uns.

Doch diese Loge schwamm mit uns davon, sie war sargschwarze Gondel dieser von Booten zerpflügten Stadt, und sie war zugleich das erwartete Schiff mit dem weißen oder schwarzen Segel. Ich fange noch jetzt an zu heulen über unser inniges Entferntsein in dieser Logengondel, in der es klang und sang von Ehebruch,

Verrat und Liebe zum Tode hin. Es war, als sei die Musik nur für uns erdacht worden, und Bildungsbröckchen zerschossen wie Schrotkugeln den Traum; den Traum dieser Liebe, die nur noch unsere war, auch dem Verrat gedankt und künstlich wie eben die Oper, deren Worten wir lauschten, da sie uns beschrieben,

«Nun banne das Bangen,
holder Tod,
sehnend verlangter
Liebestod!»

Ich habe das alles hinterher nachgelesen, ich verstand die gesungenen Worte nicht – aber ich verstand ihren Sinn, ihren Ton, ihre Flammenschrift an der Wand, die wir um uns mauerten. Dieser Lüge, Leben und Liebe verwirrende Brautwerber, der «mitleidig» den betrogenen Marke anblickt ohne Gefühl für Scham, Schande, Sühne oder Schuld, antwortet ja mit Georgs «Wie schön Geraubtes sein kann». Er ist mir übrigens sympathisch, wenn er auf des Königs Frage nach dem «tief geheimnisvollen Grund» singt

«O König, das
kann ich dir nicht sagen;
und was du frägst,
das kannst du nie erfahren.»

Vor Jahren in einem Traum, da ging ich mit Kothurnen aus kiloschwerem Blei ins Meer, in dem ich federleicht schwamm, mit flügelflatternd-leichten Händen: so war mir neben diesem Mann, da oben über der Bühne, er war mein Bleikothurn und mein Flatterflügel. Ich versank ganz tief, während ich mich aufschwang. Ein Mal nur, ein einziges Mal berührte er mich; bei der Strophe

«Wo Tristans Haus und Heim,
da kehr' Isolde ein.
Auf dem sie folge
treu und hold,
den Weg nun zeig' Isold'!»

fuhr er mit einem Finger meine linke Fessel entlang, und es war, als schnitt er mir das Bein hinauf bis ins Herz. So tief war in mir noch kein Mann. Es war wüst wie der Lügenliebestod. Während ich in der Sterbenssüße der Musik ertrank, dachte ich mir den Strohhalm herbei, «Aber ich liebe Oliver». Ich bin Tristan.

OLIVERS TAGEBUCH

23.5.

Es macht mir immer Freude, gleich dem Drehen des Zwirns, der uns verbindet, wenn ich Myriam Bücher bringen oder Zitate für sie heraussuchen kann; mehr als ein Parfum- oder Blumengeschenk. Vielleicht, weil ich oft nur ahnen kann, was sie damit anfangen will, nicht weiß, wozu sie jetzt zum Beispiel Briefe von Thomas Mann an seinen Bruder braucht. Auf ihrem Schreibtisch sah ich den Band aufgeschlagen, in dem sie mit Bleistift ein Ausrufungszeichen gekritzelt hat, wo Thomas Mann den «Tristan» eine «Burleske» nennt und ein doppeltes Fragezeichen neben den Sätzen, «Ach, die Litteratur ist der Tod! Ich werde niemals begreifen, wie man von ihr beherrscht sein kann, ohne sie bitterlich zu hassen! Das Letzte und Beste, was sie mich zu lehren vermag, ist dies: den Tod als eine Möglichkeit aufzufassen, zu ihrem Gegenteil, zum Leben zu gelangen.»

Was liest sie nur für entlegene Dinge. Aber diese ihre kleinen Geheimnisse sind für mich ein großer Spaß, sie gehören wohl zum fremden Kontinent Frau, der zugleich soviel Geborgenheit bietet.

Vorgestern so ein starker Glücksmoment. Wir waren in einem Konzert mit Brahms-Liedern, von denen mir manche arg gefühlvoll schienen, einige aber besonders schön, was früher wohl «innig» hieß. Ich hatte natürlich von diesem Georg Friedrich Daumer nie gehört, den Brahms vertont hat. Das letzte Lied spülte mich wie eine warme Welle zu Myriam, ich nahm ihre

Hand und spürte, wie sehr wir zusammengehören. Gerade weil ich ein abwesender Musikhörer bin, ich oft regelrecht peinlich wolkenjagende Gedankenfluchten in einem Konzert habe, an den neuen Eisschrank oder die blöde Autoreparatur denke nach dem Unfall neulich, war ich unglaublich froh über uns beide. Wir schwammen in einem Strom, waren uns unsere Welt. Myriam war es offenbar genauso gegangen. Sie bat mich, ihr den Text des Liedes zu besorgen, sie hatte das Programmheft irgendwo liegengelassen.

30.5.

Fürchterlicher Konzertabend vor paar Tagen. Brahms-Lieder, deren Kitschigkeit meine Gedanken schweifen ließ. Widerlichkeiten stiegen wie Blasen in mir hoch, war mir nach Olivers Autounfall neulich tatsächlich einen Moment durch den Kopf gezuckt, «Und wenn er nun tot gewesen wäre...». Wieviel Finsternis sich in einem verbirgt. Das sinkt bis in Träume ein. Damals hatte ich von einem vor Jahren gestorbenen Regisseur geträumt, mit dem ich besonders gerne gearbeitet hatte: Er inszenierte sein eigenes Totenbett und räumte mit der Gebärde von Belästigtsein die von mir liebevoll arrangierten Fotos seiner Frau vom Sarg, bevor er sich hineinlegte.

Nur das letzte Lied erreichte mich, es schien für Georg und mich geschrieben, ich fühlte ihn ganz intensiv, schmeckte seine Cynar-tabakbitteren Lippen, und gerade dachte ich, «Dies ist unser Text, ich möchte ihn noch einmal in Ruhe lesen» – da nahm Oliver meine linke Hand, und seine patzig-muskulöse Rechte wurde bei jedem der sehnsuchtziehenden Worte des Gedichts schmaler, kleiner, nervöser, wurde zu Georgs Hand, die ich an die Lippen hob. Verlogen. Doch es ist stärker. Der Text, den Oliver mir gestern mitbrachte:

Nicht mehr zu dir zu gehen,
Beschloß ich und beschwor ich,
Und gehe jeden Abend,
Denn jede Kraft und jeden Halt verlor ich.

Ich möchte nicht mehr leben,
Möcht augenblicks verderben,
Und möchte doch auch leben
Für dich, mit dir, und nimmer,
nimmer sterben.

Ach rede, sprich ein Wort nur,
Ein einziges, ein klares!
Gib Leben oder Tod mir,
Nur dein Gefühl enthülle mir, dein wahres!

4.6.

Dieser Thomas Mann, den Myriam nun im Moment so hingerissen liest, ist schon eine komische Kruke. Zu dem Brahms-Lied – nein, zu dem Text –, das Myriam und mich so besonders zusammenband, fand ich im Archiv den Kommentar:

«Es gibt ein Gedicht – ich glaube, es ist von Daumer –, das anfängt ‹Nicht mehr zu dir zu gehen, beschloß und beschwor ich, Und gehe jeden Abend…› (…) Ein Ausdruck hoffnungsloser Liebesverfallenheit, als solcher unübertroffen, wenn auch sonst gar kein sehr meisterhaftes Poem. Es ist mit geschlossenen Lippen gesprochen, gestanden, geseufzet. Brahms hat es komponiert. Er hätte es nicht tun sollen.»

Habe das Myriam dazugelegt. Sie reagierte mehr ärgerlich als amüsiert.

Wenn ich die inzwischen fast täglichen Horrornachrichten lese, von der Drohung des russischen Generals Lebed mit dem Dritten Weltkrieg bis zu den 18 Millionen AIDS-Infizierten auf der Welt oder der Gründung einer «Kinder GmbH», in die 17- und 19jährige von ihren Eltern eingebracht werden, um zu kleinen Boris Beckers und Steffi Grafs gezüchtet zu werden – die «Anteilseigner» sind sicher, ihr Kapital mit Zinsen zurückzuerhalten –, merke ich, wieviel Heimat Myriam mir ist. Ich weiß schon, daß man in einer privaten Sache wie Liebe sich nicht vor politischer Verkommenheit verkriechen kann. Aber es hilft mir atmen und nimmt mir ein wenig die Angst. Kann aber nicht leugnen, daß die wächst. In Hannover wird ein Türke zusammengeschlagen, weil er im Bahnhofswartesaal eine Karte vorwies, die ab Mitternacht verfallen war. Der Staatsanwalt erklärte sich damit einverstanden, das Verfahren einzustellen, wenn Hüseyin G. seine Anzeige gegen die Beamten zurückziehe, warf ihm aber vor, «jetzt noch böse zu sein» gegenüber Polizisten, «die doch keinen leichten Job hätten». Ob Myriam weiß, wie sehr ich sie brauche?

20.6.

Ich finde mich jetzt oft so windig, so selbst-inszeniert, so, als spiele ich die Rolle einer meiner Figurinen «dünnhäutige Dame».

Doch gleichzeitig *bin* ich es – bis zu realen ärztlichen Befunden, die Kindermädchensätze wahr machen. «Zu dünne Haut» bescheinigt mir mein Dermatologe, das sei genetisch bedingt und ich könne von Glück sagen, daß meine Haut in den Kniekehlen, auf dem Spann, an den Ellenbogen «erst so spät im Leben» aufrisse. Ich schneide mir beim Öffnen einer Weinflasche an der Staniolwicklung oder beim Aufreißen eines Briefkuverts die Finger auf, das ist ja wohl sowenig «genetisch» wie die blutigen Blasen, die ich im Nu zwischen den Zehen habe, wenn ich in der Sauna Gummilatschen benutze. Die «Nerven liegen bloß» – aber daß ich den Morgenkaffee in die Zuckerdose gieße, die Zigarette am Korkmundstück anzünde und beim Telefonieren statt der Vorwahl die Postleitzahl wähle, ist doch kein medizinischer Befund?

«Zähne zusammenbeißen und durch» hieß es in meiner Kindheit - aber daß ich nachts die Zähne so stark zusammenbeiße bis zu rasendem Kopfweh, daß ich «knirsche» bis zum Lockern gesunder Zähne: Das ist kein Sprichwort mehr. Daß meine Träume nur Jagd- und Entsetzensszenen sind – nach Olivers Zahnoperation ein gräßlicher Traum von seinem Tod, zerquetscht zwischen zwei verunglückten S-Bahn-Zügen, nach Dagmars Besuch beim Gynäkologen ich ihr von

Haien vor Grenada zerfetztes Kind sah – das ist doch keine Freud-Studie?

Was ist es dann? Mir scheint, ich bin umgestülpt von Georg, an dessen Körper ich mich weniger erinnere als an – ja, an was? Er ist so unheimlich «da», in mir. Er ist ich. Das ist nicht Sexualität. Die ist das Trennende. Ich erlebe sie – genußvoll, befriedigend, körperhaft-animalisch – mit Oliver; von dem sie mich entfernt. Ich bin diese Sexualität nicht, ich habe sie. Aber was man «hat», ist doch immer das Fremde? Wie ein Ding. Man hat ein Auto, eine Wohnung, Kleider; ich habe wahrlich Geld gerne – aber die Zahlen auf einem Konto *habe* ich (wenn ich sie habe): mit mir zu tun haben sie rein gar nichts.

Diesen Georg «habe» ich nicht, er ist als *ein* Leben unerreichbar. Aber er ist ich, wie meine Haut, mein Haar, meine Lippen ich sind. Die «habe» ich nicht, das *bin* ich. Mit ihm zu schlafen, das ist, als schliefe ich mit mir, als sei es mein Kind. Es heißt zwar «Ich habe ein Kind», aber eine Frau *ist* ihr Kind. Ich bin eine dumme Gans, so etwas zu denken (zu fühlen) – aber eigentlich ist es gar nicht Sex, was ich mit Georg mache, weswegen ich es Oliver gegenüber auch nicht als Betrug empfinde. Und wenn Georg sagt, «Ich nehme ihm nichts weg», muß er ähnliches empfinden, diese ganz andere Dimension. Ob daher dieser abstruse Gedanke kommt, ich schliefe mit beiden zugleich, Oliver gar «durch» mich mit Georg, weil ich ja Georg als mich empfinde? Das Erobernde fehlt da – und die Eroberung durch Oliver wäre das von außen Kommende, das ich in einer Art Doppelheit empfinge. Nicht, daß mich diese Vorstellung erregt. Sie sänftigt mich, macht mich auf diese schlaffe Weise satt, voll, zufrieden. Oft schlafe ich dabei ein, die rechte Hand auf meinem Nabel. Und wenn der kleine Finger mein Haar berührt, ist es Georgs Gekräusel.

Oder ist das alles mein selbstzerstörerischer Charakterzug, stets nach dem nächsten zu greifen, zu gieren, dieser Vorausappetit, bei dem ich mich in verdammten Alltäglichkeiten ertappe? Bei der Morgengymnastik freue ich mich aufs Frühstück, beim Frühstück auf die Zigarette danach, beim Ankleiden auf die Skizzen, die ich vorhabe, und beim Skizzieren auf die Kostümprobe, bei der die Skizzen Stoff werden. Nie bin ich glücklich «dabei», nie genieße ich den Augenblick von Frühstück, Zigarette, Ankleiden. Es gibt Leute, deren Seele geht nach wie eine Uhr, die man nicht aufgezogen hat. Meine Genußfähigkeit geht vor, ein fliehender Puls.

OLIVERS TAGEBUCH

22.6.

Mir gefällt, wie Myriam sich in ihre Arbeit einwühlt, mit welcher neugierigen Lust sie Bildbände studiert, allerlei Bücher liest, die nur am Rande mit dem Thema zu tun haben, alte Platten abhört. Auf leicht exotische Weise wirkt sie dann ganz abwesend. Habe ihr gestern – weil sie doch im Moment diesen Thomas-Mann-Tick hat – eine CD mitgebracht, Will Quadflieg liest «Wälsungenblut».

28.6.

Weil er weg ist, ist er da. Ich denke in mich hinein, um den schweigenden, sich entziehenden Georg zu haben. Las noch einmal die vorige Tagebucheintragung – es geht viel weiter, viel tiefer: Das abstruse Gefühl, er ist eine Frau wie ich. Man ist nicht Apfel, man ißt ihn, noch die Zahnspuren sind das Fremde. Ich bin der Apfel. Ich kann den eigenen Körper nicht als Instrument empfinden – und seinen auch nicht. In der Sexualität sind aber beide Körper Instrumente.

Die Praktiken von Homosexuellen, über die man soviel liest, zeigen das vielleicht am deutlichsten – Brustwarzenklammern, Schwanzringe, die vielen kleinen Lustverletzungen (am eigenen wie am anderen Körper) bedeuten doch: fremd, Instrument. Auch Oliver mag es manchmal gerne, wenn ich seinen Penis leicht quäle, «die Rute schlage», wie er lustvoll lachend sagt, und mir macht seine Schmerzgeilheit sogar Vergnügen – aber ich könnte nicht einmal Georgs Brustwarzen kneifen, sowenig wie die meinen.

Mir ist solche bewußte Ablösung der Sexualität von Gefühlen schon aufgefallen bei der Beschäftigung mit Oscar Wilde, seinen Dienstboten-, Kellner- und Zeitungsburschen-Affären. Inzwischen denke ich, das muß auch bei einem Typen wie Pasolini so gewesen sein, dessen Bücher ich nicht kenne, von den Filmen nur «Teorema», aber über den man selbst in Illustrierten lesen konnte. Er hat sich gehaßt, weswegen er sich schlagen und quälen ließ von Jungens, die er verachtete, die ihn haßten bis zum Mord, die er mit dem stolzeren Penis – sprich Alfa-Romeo-Cabrio – kränkte, um aus deren Rache Lust zu ziehen.

Als ich mich neulich, bei solchen Empfängen ist ja vor den Damenklos immer eine Schlange, in meiner Not im «Atlantis» ins Männerklo flüchtete, stand an der Kabinentür neben den üblichen obszönen Zeichnungen der Satz «Nur Männer wissen, was Männer brauchen». So ein Quatsch, dachte ich. Inzwischen scheint mir das geradezu eine Weisheit – denn daß ich mir den ganz unweiblichen Georg umträume in eine Frau, daß er so eingesunken ist in mich, ist ja nur die Umkehrung dieses Satzes. Der Gedanke, ihn zu verlieren, häutet mich.

30.6.

In welchen Unsinn ich mich hineinsteigere, in eine Art Trotz-Latinità – nur, weil Myriam sich neuerdings wie hinter Milchglas bewegt, spiele ich mir den Ausgewiesenen vor; dabei bin ich nicht mal abgewiesen.

Nix Latinità, so schick sich das Wort anhört. Wenn ich ehrlich bin, muß ich doch zugeben: Ich weiß von Spanien so gut wie nichts, auch wenn ich zweisprachig aufgewachsen bin. Als Dagmar neulich nach Franco fragte, erschrak ich fast über mich – ich wußte nichts von seiner Familie, nicht, wieso er auf den Kanarischen Inseln stationiert gewesen war, bevor die Deutschen ihn aufs Festland flogen (weiß nicht mal, ob *das* überhaupt stimmt). Dagmars Neugier «War er eigentlich gebildet, es gibt ja gebildete Diktatoren wie Lenin und ungebildete wie Hitler – ich meine, war er ein mitreißender Redner, ein Mann der alten Klasse?» konnte ich nicht befriedigen. Ich hangelte mich eher an Gerüchten entlang, daß Federíco García Lorca vor seiner Ermordung vergewaltigt worden sei und daß Franco den Dichter Ramón Gómez de la Serna öfter empfangen habe. Schon Myriams Einwand, daß es aber in der Franco-Zeit eine Lorca-Gesamtausgabe gegeben habe, konnte ich nicht begegnen.

Selbst über meine Quasi-Heimat Andalusien wußte ich Präzises nicht zu sagen, die alten Feudalstrukturen waren dort unangetastet geblieben – aber hatten die Großgrundbesitzer Franco aktiv unterstützt, hatten sie während des Bürgerkriegs seine Truppen oder die republikanischen versorgt, alles nur Rudimente in meinem Kopf. Ich weiß, wie der Österreicher Hitler sich die deutsche Staatsbürgerschaft erschlichen hat oder daß Hindenburg am selben Tage Hitler zum Reichskanzler und Goebbels zum Reichsminister für Propaganda ernannt hat – aber ich weiß nicht mal genau, wie Durruti umgekommen ist und ob es tatsächlich von der GPU organisierte Morde an spanischen Anarchisten gegeben hat.

Wenn ich von der Arbeit des 40jährigen anarchistischen Gewerkschaftlers Sánchez Gordillo lese, der das andalusische Dorf Mrinaleda als Bürgermeister neu organisiert, das Tagelöhnerdorf total umstrukturiert – dann ist das für mich, Andalusien hin oder her, letztlich eine Nachricht so fern wie eine aus Mexiko oder Indonesien. Ich drucke mir einen «Das betrifft mich»-Katalog aus; aber wenn ich ehrlich bin, besteht er aus lauter vorgegebenen Daten wie ein geliefertes Software-Programm.

Eine dußlige Kreuzung, grapsche ich mir da etwas andalusisches Seelenwehweh und hier etwas deutsche Herzrhythmuszählerei. Schwarze Augen und blondes Haar, du meine Güte. Kreuzungen – wie Maultiere – sind zuverlässige Arbeiter, aber unfruchtbar. Vielleicht kommt meine gelegentlich unangenehme Fopperei, was Myriams Arbeit betrifft, doch aus einem kleinen gelben Neid? Sie *macht* immerhin was – ich fummle mit der Computermaus. Gar nicht vielleicht kommt jedenfalls meine Schlupfsehnsucht aus diesem Gefühl – ich will nun mal nicht ihr Gast sein, sondern ihr Mann. Ich bin kein latin lover, kein Liebhaber, ich bin ein Liebender.

2.7.

Oliver ist lieb, aber flach. Er hat mir eine Aufnahme von Thomas Manns «Wälsungenblut» geschenkt, hörte das alles aber wie eine Art politischen Witz. Einen Satz wie «Gehrt ich nach Wonne, weckt ich nur Weh» findet er nur bizarr – und ist doch so sehr, was mein Leben momentan umkippt. Ich saß plötzlich nicht in meinem gemütlichen De-Sede-Sofa, sondern auf dem unbequemen Sesselchen im Teatro Fenice und «mein» Zwilling streichelte leise-heimlich mein Bein. Oliver sah gleichsam nur Porzellanfigürchen tanzen, deren höchster Frevel «Im Smoking zum Five o'clock tea» ist. Mir dagegen wurde fast schlecht, weil ich meinen Inzest förmlich schmeckte, weil ich mich im Irrgarten zwischen jenem venezianischen «Tristan», dem wahren Frevel der abgründigen Verfallenheit des Geschwisterpaars und Fetzen von Wagners «Süßer Wonne» verlief. Es war schaurig, das zu hören, Oliver neben mir, und die Fäden meiner Träume den anderen einspinnend.

Mir schien dieses von Thomas Mann verspielt ironisch vorgeführte Geschwisterpaar zwar parfümiert-gekünstelt mit seinen Lackschuhen, rosaseidenen Unterbeinkleidern und Pikee-Krawatten, aber auch absonderlich einander verfallen. Habe natürlich an Richard Wagners, «Walküre», den Satz «So blühe denn, Wälsungenblut» gedacht, an die Inzestliebe von Siegmund und Sieglinde – und erkannte zugleich ein sehr genaues kritisches Porträt des neureichen jüdischen

Geldadels aus dem Tiergartenviertel im Berlin der Gründerjahre.

Ein Märchen aus dem Raffke-Rokoko. Bemerkenswert die genaue Kritik des Bürgertums, dieser Welt von erlesener Nutzlosigkeit, unter deren Staffage aus Gobelins, Orchideen und Veilchenhauch im Haar bald der deutsche Nationalismus hervorkriecht. Zumindest das hätte Oliver doch heraushören müssen. Selbst der jüdische Teil dieser Bourgeoisie war stolz, Frankreich besiegt zu haben, und protzte mit Hilfe der Milliarden, die man aus dem besiegten Frankreich herauspumpte. Der Bismarck-Deutsche war nicht nur der Bruder des Rembrandt-Deutschen, sondern auch der Vater des VerdunKämpfers und der Großvater des SA-Mannes. Dieses ganze Gemenge aus «Notung! Notung! Neidlicher Stahl» und hochgezüchtetem Dekor, in dem sich die von «laulich erwärmter Luft» verwöhnten Zwillinge bewegen, ist Röntgenbild deutscher Politik.

Es ist durchaus eine Pointe innerhalb dieses ganzen Systems, wenn kürzlich der bayerische Ministerpräsident in Bayreuth den berühmtesten deutschen Dramatiker, der den «Tristan» inszeniert hatte, mit den Worten begrüßte, «Do you speak German?»

Eigenartig, daß Oliver nur die Karikatur hörte, nicht das Zwiefältige von Raunen und Rune. Und mehr als eigenartig seine Indolenz: die Rolle des Betrogenen, über den sich die beiden vergifteten Marzipan-Püppchen so grausam belustigen, fällt ihm überhaupt nicht auf; er spürt nicht, wann Marzipan vergiftet ist.

6.7.

Mißvergnügt, weil meine Phantasie so kurz ist. Myriam hat wohl recht, als sie mir dieser Tage vorwarf, ich sähe ihre Arbeitssituation gar nicht – daß sie bei jedem Auftrag bangen muß, praktisch jeder ihrer Vorschläge, jede ihrer Skizzen eine neue Examenssituation ist: es kann immer mit der Note «nicht befriedigend» zurückgereicht werden. Ich sitze da vergleichsweise bieder als Gehaltsempfänger in meinem Großraumbüro, während sie sich wie ein Schüler von Klassenarbeit zu Klassenarbeit ständig neu bewähren muß. Das stimmt. Ich sehe ja, wie nervös sie ist, wie sie zuviel raucht, immer und immer wieder Neues ausprobiert; gewiß, sie hat Glück, ist gefragt, hat sich einen Namen gemacht und gilt in ihrem Metier als ein As. Aber es ist nicht nur materiell eine ungesicherte Existenz, sondern auch eine psychische, zumindest nervliche Achterbahn – morgen krank, kann man da ganz unten, vergessen sein. Sie hat Dutzende von Beispielen, Schauspieler, Cutterinnen, Regisseure, Drehbuchautoren, die plötzlich aus den Listen der Agenten und Produktionsfirmen wie gelöscht sind. Eben ganz oben, schon ganz unten.

Eigentlich hat Myriam als Lebenskonstante nur mich. Es gibt ganz gewiß niemanden, der sie so trägt.

20.7.

Clockwork Orange in Berlin. Dabei hatte es zauberisch angefangen, mit einem wahren Zauberstab.

In Hamburg gibt es in der Nähe des Hafens, irgendwo neben der Reeperbahn, einen skurrilen Laden; Mischung aus Museum, Krimskrams, Nippes-Nepp und Antiquitätengeschäft: ein Dutzend oder mehr zum Teil winzige Kellerräume vollgestopft mit Schirmständern aus Elefantenfüßen, geschnitzten Totempfählen, Tierzahnketten, Hunderten von afrikanischen Masken, Skulpturen, ausgestopften Vögeln, Schlangen, Echsen. Matrosen schleppen das Zeug aus aller Welt an, aus Tansania, Benin, Neuguinea, sie haben es als Maskottchen gehätschelt oder es der Mutter auf den Fernseher gestellt, und sie verkaufen es, wenn sie fürs Bordell um die Ecke kein Geld mehr haben.

Fernsehleute haben mir vor Jahr und Tag das Kuriositätenkabinett gezeigt, sie leihen da oft «Kulissenstücke» aus und kramen stundenlang in dem Zoogestank dieses Sammelsuriums aus Airport-Art und Kostbarkeiten. Dort habe ich einen wunderschönen, fast zwei Meter hohen Tansania-Niamwesi gefunden, einen weiblichen noch dazu, der buchstäblich wie ein Giacometti aussieht, betörend-verzaubernd in der schmalen, zerbrechlichen Eleganz. Meine Freude wurde nur getrübt, als ich einem überfahrenen Kaninchen nicht ausweichen konnte und bis ins weichliche Zittern des Lenkrads spürte, wie die Reifenprofile sich noch einmal in das blutige Fell eingriffelten. Es war ein scheußliches, pelziges Gefühl auf der Zunge, vom Magen aufsteigend, der Geschmack eines bösen Vorboten.

Diesen Menschenstab in der Hand, klingelte ich bei dem völlig baffen Georg. Es war ein großer Erfolg, ein Auftritt, ich wurde zum Stammesfürsten ernannt, und ich spürte, er meinte mich, wie er die dünne, filigrane Figur aus Ebenholz streichelte, die leicht nach innen gebogenen Arme hinauf, den Nacken entlang, den in seinem Schmuckgewinde übermäßig gestreckten Hals betastend bis zum Kopf mit dem abweisenden Blick, Schädel eher, ohne Haar. Wir setzten einander fort, stumm, als zögen wir den Bann der Magie über uns, ein eigenes sich blähendes Zauberzelt. Er hat die kühle Schmeichelhaut frisch ausgepellter Kastanien, das Glied seidenschmirgelrauh wie deren weißliche Innenhaut beim Aufplatzen. Wären wir nur bei Georg geblieben. Aber ich drängelte, plötzlich übermunter, und wir gingen in das kleine türkische Restaurant, das wir beide mögen und wo man eines meiner Lieblingsgerichte, pürierten Schafskäse mit Knoblauch, das den romantischen Namen Sarmisakh Ezme hat, besonders gut zubereitet.

Und dann brauste um uns und über uns, was man nur aus den Fernsehnachrichten kennt – eine Horde kettenschwingender, grölender Skinheads hetzte einige wohl türkische Jugendliche durch die Straße, sie brüllten wirklich «Die Straße frei» und «Deutschland den Deutschen» und «Vorwärts, vorwärts, Jugend kennt keine Gefahren», sie schlugen, traten Schaufensterscheiben ein, kippten zwei Autos um. Warfen einen Brandsatz in eines hinein, der schwärzlich rauchend zu einer wabernden Piratenflagge verkokelte. Unser Restaurantbesitzer, mit fertigen Handgriffen, als habe er sie im Krieg eingeübt, ließ Scherengitter vor die Fenster rasseln, stellte einen Stuhl unter die Türklinke und sagte, «Ducken, müssen uns ducken». So kauerten wir an der Erde neben den gedeckten Tischen, vor mir auf dem Boden lag eine Speisekarte, und ich las mechanisch «Bolu Börek», «Kasarli Köfte», während wir die Springerstiefel durch das Kerzenlicht vorbeistapfen sahen, ein Glatzkopf fiel viereckig erstarrt grinsend direkt vor der Tür um, offenbar wehrten sich die Türken, Blut aus einer Schläfenwunde spülte über seine Bomberjacke, das Geschrei zerplatzte unsere Ohren. Im Restaurant nicht ein Wort. Scham stand zwischen uns – wir schämten uns vor den Gastgebern, wir schämten uns vor uns selber, ich schämte mich vor Georg, als sähe ich den gelben Stern. Wie kommen wir hier je wieder raus, wie kann man nach dem blutrünstigen Halali um die Rechnung bitten, wie kann man hier je wieder türkische Wurst essen.

Beim Aufstehen stach ich mir die scharfe Spitze eines Palmenzweiges ins rechte Auge, ein rasender Schmerz unter Sternenexplosion: Ich war in Sekunden Patientin des Augenarztes, wir rannten, durch Blutpfützen und Farblachen glitschend, Glasscherben unter unseren Schritten mit einem zerfetzten T-Shirt «Zeigt Gefühl» wegschleifend, zu seinem Wagen. Bombennacht des vereinten Deutschland. «Du darfst nicht weinen, es ist schlecht für das verletzte Auge.» Ich werde Oliver kein Wort erzählen.

Also Patientin. Es ist eine blöde Situation, sie wischt den Staub von den Flügeln, schafft eine falsch-familiäre Normalität. Diese Augenspiegelei, die Tröpfchen und Salben – die Hornhaut ist eingeritzt – und Augenpflaster: Das alles bringt einen Schwebezustand zum Halt.

Da aber in diesem lügnerischen Märchen kein Halt sein kann, ja auch keine Normalität, dröhnt das in meinem Kopf, als spiele jemand Klavier nur auf den schwarzen Tasten: alles falsch. Unwahrheit und Verfallenheit halten einander in der Schwebe. Die Oliver-Schwindelei – ich bleibe wegen der Behandlung ein paar Tage länger in Berlin – ist jetzt plump und niedrig und gewöhnlich, ohne daß ich sie mir verklären kann durch tanzende, glitzernde Lügenfäden, aus denen ich mir einen bunten Schutzteppich wob. Betrug ist wohl nur lebbar in einem kleinen Wahn. Vielleicht blind, aber nicht mit Augenklappe. Mull ist kein Lügengespinst. Actihaemyl-Augengel ist kein Tautropfen aus der Alabasterschale im Zelt von Tausendundeiner Nacht. Ich tanze in zu groben Schuhen, die schlappen bei jedem Schritt. Gezinkte Karten müssen glatt sein, heiter und rasch gemischt werden; kleben sie, ist es plumpe Falschspielerei, kein hochmütig-freches Spiel mehr. Täuschung, nicht List. Ich werde schal.

OLIVERS TAGEBUCH

25.7.

Myriams Augenverletzung. Ausgerechnet jetzt, wo sie soviel zeichnen und entwerfen muß. Nur gut, daß sie da in Berlin in guten Händen ist, dieser mir so sympathische Herr Doktor wird sich schon gründlich um sie kümmern. Schade, ich bin ja nicht so beweglich; den hätte ich gern zum Freund. Wenn Myriam länger weg ist, auch nur ein paar Tage, suche ich meinen Ort. So platzen Worte in meinem Kopf auf wie Seifenblasen, schillernd, nicht greifbar, als bewegte ich mich in einer fremden Sprache. Sie sagen, «Das ist nicht mein Bier», wenn sie sagen wollen, es sei nicht ihre Angelegenheit; «Ihr Bier ist unser Bier» las ich neulich als Werbung. Das gibt es wohl in keiner anderen Sprache: ein – eher vulgäres – Getränk, ein Rausch-Mittel, als Synonym für die eigene Befindlichkeit – man stelle sich das mit Chianti, Whiskey, Coca-Cola vor.

Und glorreich? Was ist glor? Verballhornt von gloire? (Aber was ist verballhornt?) So wie Fisimatenten nicht – wie ich glaubte – jüdisch-berlinisch ist, sondern (das erklärte mir eine ältere Kollegin neulich) von dem «Visitez ma tente» der französischen Revolutionssoldaten stammt, mit dem sie etwa ein Mainzer Töchterlein ins Zelt locken wollten. Und Mama warnte vor solchen Besuchen – Fisimatenten. Dennoch seltsam, wie ich ohne Myriam Wörter abkoste, als müsse ich Deutsch lernen. Wieso heißt es «ehr-geizig», wenn doch gemeint ist, daß man gerade nicht mit Ehre geizt, sondern nach Ehre giert?

Und wo nur las ich neulich das Wort «Buschenschank», nach dessen Ursprung ich Tage suchen mußte – es ist, wohl aus dem Österreichischen, eine Schenke mit Gebüsch, ein Heurigen-Gartenlokal, so am Wege, nur den Einheimischen bekannt.

26.7.

Allein gelassen, stelle ich mich außen vor. So baut der Herr Oberregistrator Oliver Ruidera einen sinistren «Kulturfahrplan» zusammen. Ähnlich dieser Schwarte, die in jeder besseren Bibliothek steht und in der man etwa unter 1717 finden kann: Franzosen gründen New Orleans; Voltaires «Oedipus» (in der Bastille geschrieben) erscheint; Hoffmannstropfen erfunden; die ersten Banknoten werden ausgegeben – klebe ich mir mit Hilfe des Archivs eine Tabellenzeitung des Unheils zusammen.

Die Lektüre von Zeitungen einer einzigen Woche könnte man «Zettels Alptraum» nennen, nur global: Flüchtlingsströme von Millionen Menschen kommen auf Europa zu, während Fundamentalisten in den Hungerländern – wie Algerien – sich gegenseitig ermorden. Ozon ist als krebsauslösend bekannt – auf Grenzwerte können sich die hochbezahlten Herren und Damen Politiker aber nicht einigen. «Gen-Technik»: Das Recht, menschliche Erbanlagen patentieren zu lassen, sorgt bei Biotechnologiefirmen für Goldgräberstimmung; «Profitstreben bricht ethische Tabus» heißt eine Überschrift. Eine Seite weiter, der Bericht über den «Leviathan, der uns alle bedroht» namens

Rupert Murdoch, der australisch-britisch-amerikanische Medientycoon beschert uns mit seinem weltumspannenden Amüsement-Imperium «Die globale Hirnwäsche – viel Unterhaltung, wenig Information». Entsetzensbuchhaltung. Aber richtig ist auch, daß ich, typisches Opfer dieser ständigen Informationsdiarrhöe, katastrophensüchtig bin.

Da aber jeder Buchhalter etwas Provinzlerisches in sich hat, rege ich mich über die inzwischen üblichen «Vermischten Nachrichten» am meisten auf: In der KZ-Gedenkstätte Neuengamme bei Hamburg, wo in der Nazizeit 50 000 Menschen ermordet wurden, haben 23 Freiwillige Feuerwehren aus Hamburg, Schleswig-Holstein und Niedersachsen eine Party mit Blasmusik gefeiert, «Es gab Bier, Würstchen, Geschnetzeltes und Butterkuchen».

In diesem Land lebe ich? Warum eigentlich? Weil meine Eltern vor Jahrzehnten in Andalusien keine Arbeit fanden? Wäre es mein Land ohne Myriam? Aber ich habe hier gelebt, als ich Myriam noch nicht kannte! Würde ich bleiben ohne sie? Eine Frau ist doch kein Land? *Die* Heimat? *La* Patria? *Die* Muttersprache?

27.7.

Ich will nicht Patientin sein. Es ist der falsche Schmerz. Als würde ein Film zurückgespult, läuft jetzt mit Georg alles rückwärts: aus Zärtlichkeit wird Rücksicht, aus Einverständnis Verständnis und aus dem Fieberlecken eine Halslinie entlang ein «Kopf vorsichtig zurückbeugen». Wir sind vor den Anfang zurückgefallen, fast hätte ich ihn gesiezt.

Auch seine Wohnung, die mir so selbstverständlich schien, sehr persönlich, ein gut sitzender Anzug von lässiger Bequemlichkeit, wirkt in diesen Tagen fremd auf mich, ein Schneckenhaus, in das er sich zurückzieht. Kein Platz mehr für mich. Ich mochte diesen sehr kleinen Wohnraum, über dessen Bücherwände voller schön gebundener französischer Klassikerausgaben ich das erste Mal so verblüfft war und in dem nur die beiden ziemlich edlen englischen Sessel ein Ausrufungszeichen setzen; das Schlafzimmer in seiner Strenge – Einbauschrank, ein langer Glastisch mit drei großen afrikanischen Holzplastiken, rechts und links neben dem übergroßen Bett verchromte Strahler –, ein eigenes, sehr geräumiges Bad ohne Flacons, Kunsttulpen oder diese Designer-Handtuchhalter, die die Vorschriften des modernen Badezimmer-chi-chi verordnen: Ich erinnere mich noch an den ersten Abend und meinen Eindruck, «angenehm unaufgeregt, als könne eine Wohnung ironisch sein wie der Mann, der ihr mit seinem Pfeifenrauch ein Parfum überhaucht». Daß er mir gerade jetzt von seiner geschiedenen Frau erzählt,

Amerikanerin, Nachkriegsehe, den beiden Söhnen, «die sind nun auch Amerikaner geworden» – von denen er offenbar an einem besonders hängt, er ist Spezialist für Artificial Intelligence an einer Universität in Middlewest –, all das schafft nicht Vertrautheit, sondern Distanz.

Ich will das alles gar nicht wissen. Wird Georg mir dadurch zu wirklich? Will ich nur eine Idee, nicht – seine – Realität? Ist meine Erregung die des Beobachters beim Karneval in Venedig, das Jauchzen über Masken, die im abendlichen Phantasienebel der Lagunengassen verschwimmen und deren davonhastendes Klick-Klack, brückauf, brückab, den Tanz kleiner bunter Teufel und gescheckter Lemuren suggeriert, die aber, risse man Maske und Kostüm herunter, nur dickliche Fleischer und hüftschwingende Glastand-Verkäufer sind? Wenn mein Betrug die Kostümierung braucht, die Unwahrheit der Kulissen von Hotel, Piazza, Künstlerkneipe und Oper – ist das dann Liebe oder nicht nur jene Eigensucht, gemischt aus natürlicher Grazie und balancierter Pirouette, wie man sie von den vor Spiegelwänden probenden Ballettelevinnen kennt?

Doch als Georg mir mit dem rechten Zeigefinger den Nacken hinunterfuhr und – kann es sein: verlegen? – sagte, «Und ich muß morgen für zwei Tage fort», waren die Wörter Libellenflügel aus Rasierklingen.

Ich ging nach Mitternacht in mein Hotel, mußte alleine sein, so uneins mit mir. Jetzt sitze ich in dem verdammten Schuppen und denke, «Wärst du bloß geblieben». Und frage mich, wohin er eigentlich so oft zwischendurch für einige Tage verschwindet. Eine andere Frau? Aber das würde ich merken. Würde ich? Merkt denn Oliver? Oder eine Krankheit? Oder sinkt er einfach weg, ein Sandkrebs, von dem nur noch der flimmernde Quarz-Kiesel weiß? Weg nicht einmal von mir – sondern «davor», vor dem Blitz, dem Donner, dem Sturm? Zerbricht ihn seine Altheit?

1.8.

Myriam seit ein paar Tagen zurück. Überreizt und nervös, was mir denn doch übertrieben scheint – diese kleine Augensache ist doch eine rasch heilende Lappalie. Manchmal denke ich, daß sie sich ihr Leben so zierlich macht mit tausend kleinen Ticks – und unser Leben damit unnütz auseinanderspannt. Dieses Beharren auf Dijon-Senf zum Frühstücksei; Blumen nur in Weiß, oder die Hingabe, mit der sie letzten Herbst beim Spazierengehen Kastanien sammelte, ihre frisch ausgepellte noch feuchte Haut mit dem kühlen hellen Samtfleck geradezu streichelte: Ist das nicht alles auch ein bißchen dekorativ? Wie die grünlichen Tropfen einer bitteren Medizin, tack-tack-tack, fallen manchmal kleine Zweifel in mich hinein, zerstieben und zerperlen mein Vertrauen: könnte es sein, daß sie nicht nur so anders lebt, sondern auch einen anderen Mann...? Ich verbiete mir, das zu denken, mag es nicht einmal ausschreiben. Komme mir bäuerisch vor, weil ich nur Salz aufs Ei streue, im Frühjahr den Farbwahn der Lupinen oder im Herbst die bunten Dahlien liebe, die fallenden Eicheln achtlos unter der Schuhsohle zerknacke. Na gut, bin ich eben doch der Kleinbürger.

Dabei ist mir unklar, ob dieses Hölzerne, Handfeste «Abstammung» ist, die andalusischen Bauern «durchschlagen» – oder ob es meine innere Struktur ist, eine Vorliebe für Handwerklich-Solides, vielleicht nicht hölzern, aber wie Holz, aus dem man einfache, zuverlässige Möbel macht; keine Designer-Stühle.

Aber Myriam lebt nicht nur in einer Welt der Kunst, sie lebt auch in einer Kunstwelt. Ob sie den Obdachlosen genau vor unserer Tür, neben ihrer Garagenausfahrt – aus der sie mit ihrem BMW hervorschnurrt – überhaupt bemerkt? Ich erinnere mich, wie erschrokken ich vor Jahren eine New-York-Reportage las, in der die «Street People» beschrieben waren, menschliche Lumpenbündel in Pappkartons, über die auch die Herrschaften der 5th Avenue hinwegstaken müssen, wenn sie in ihre Limousinen mit livrierten Chauffeuren steigen; kaum zu glauben, dachte ich, so was hatte ich noch nicht gesehen.

Jetzt «wohnt» so jemand direkt bei Myriam vorm Haus, in einer bürgerlichen Gegend, Anwälte, Ärzte, Redakteure, ein Theaterintendant; eine vergammelte Matratze auf der Erde, ein Einkaufswagen aus dem Supermarkt als «Möbel», daran hängt ein Paar Stiefel, am Handgriff ist eine kleine Windmühle aus farbigem Plastik befestigt, und das Pappschild «Bitte eine Gabe» ist mit einem Geranientopf beschwert – Gossen-Wohnkultur, deutsch-gemütlich. (Eine Dame aus der Nachbarschaft stellte gestern einen Topf Suppe hin, sagte zu dem empörten Briefträger – war das nun freundlich oder hochnäsig? –, «Irgendwo muß der ja auch bleiben».)

Nur zwei, drei kleine Sachen hätten schiefgehen müssen, und Gastarbeiterkind Oliver Ruidera wäre vielleicht auch da gelandet?

10.8.

Es gibt eine Wohnung, durch die schlängelt der Canale Grande, in ihr glitzert ein Ballsaal so Markusplatz-riesig-leer-klingend, die Decke ist von Tintoretto ausgemalt, eine Scuola de S. Rocco mit de-Sede-Sofa, Farbfernseher und Fischbesteck: meine. Drei Tage Verbrecherglück, weltabgesunken und gipfelschreierisch, Georg war da – Oliver ist für eine knappe Woche zu einem Computerlehrgang –; ich liebe, daß mir die Haarspitzen weh tun. Ich bin aufgerissen in Schmerz aus Lust, die Haut ein knatternd geblähtes Segel, nur sein Selbstspott – «altes Stroh brennt lichterloh» – kann mich, meine Taumeligkeit löschen.

Seine Hingabe hat Verlorenheit. Warum sage ich Hingabe? *Er* sagt es; anders. «Die Frau in mir ist dein Mann» – ein Satz von ihm in der Ankunftsnacht, nicht ergründbar. Und der Strauß weißer Amaryllis mit dem Zettel «Die Zeit mit dir ist Nicht-Zeit, will sagen: Leben» hat soviel Schwärze, einen Abschiedston, als küßte ich den Tod. (Er gräbt beim Küssen mit seinen dunklen Blicken in mich hinein.) Abgründiger Jubel. Von ihm erst habe ich das Wort Verzagtheit gelernt. Wobei er überhaupt nicht verzagt scheint, voller Spannung ist, voller Verlangen, munter sogar, wenn er von Büchern spricht, der halbkriminellen Habgier seines Idols Voltaire, den Geldferkeleien des, wie er ihn nennt, «faux Monsieur» Thomas Mann oder von Fontanes Tagebüchern, ihrer gemächlichen Skepsis. Seine Stimme streichelt mich.

Erstaunt bin ich, mit welcher Selbstverständlichkeit er sich in der Wohnung bewegt, von der er doch weiß, hier ist sonst ein anderer – dessen Zahnputzglas im Bad ist, dessen Morgenmantel im Schlafzimmer. In einer Art Trotz habe ich nichts weggeräumt, fand das kleinlich und peinlich – aber ich fröstele doch leicht, mit ihm in unserem Bett zu liegen. Daß ich Olivers Würde verletze, ist zugleich Stachel. Ich müßte mich schämen.

An jäher Stelle zieht Georg eine Grenze. Als seien Schallplatten ein Intimbereich, hat er im Wagen einen Stapel Platten mitgebracht; als wolle er Oliver nicht berühren. Es waren meist uralte Singles, die er neben dem Apparat stapelte, nachdem er wortlos auf den kleinen Kamintisch eine Flasche Brunello di Montalcino gestellt hatte. Nichts was er tut, ist ohne Kassibersignal.

So verstand ich jedenfalls diese pathetischen, für meine Ohren ziemlich kitschigen Revolutionslieder als Schattengeister, mit denen er für mich ein Stück seiner Vergangenheit heraufbeschwor, etwa wenn er von Wladimir Majakowski den mir gänzlich unbekannten «Linken Marsch» auflegte, vertont von Hanns Eisler und gesungen von Ernst Busch.

Ein erstaunlicher Eindruck – einerseits leicht verstaubt, die Worte waren so stürmisch und zugleich «erhaben» wie alte Hutmodelle – andererseits hatte dieser hochfahrende Elan wieder eine Würde; mir kam es vor, als schmecke man schon Trauer über das Scheitern des so laut bejubelten Aufbruchs. Kein Wunder, daß Georg mit so was lebt. «Du hast das Wort, rede, Genosse Mauser» wiederholte er, nachdem die zerkratzte Schellackplatte ausgerumpelt hatte. «Weißt du, daß Majakowski sich mit eben dieser besungenen Mauserpistole umgebracht hat? Er lebte übrigens in einer Dreierbeziehung mit einem Ehepaar.»

Ich glaube, daß dieser Mann nicht lebbar ist. «Schlürf mich aus», sagte er gestern nacht. Aber er ist nicht auszuschlürfen. Er ist ohne Grund. Deswegen vielleicht versinke ich in ihm?

25.8.

Irgend etwas ist auch unheimlich an ihm, ob die undefinierbar braungrünen Augen lügen? Mir ist zumute, wie es einem manchmal beim Schwimmen geht – das Bodenlose, die unauslotbare Tiefe unter einem lockt und droht. Wir waren für drei Tage in Potsdam verabredet, weil ich in Babelsberg zu tun hatte, wollten uns den Spätsommer, die Havelseen und die Stille der Fontane-Landschaft bescheren.

Nun sitze ich in diesem schaurig-muffigen Hotel der ehemaligen Honecker-Extraklasse, vollgestopft mit enormen Sesseln, Couchgarnituren und Messingstehlampen, auf denen geblümte Schirme mit durchzogenem Samtband wie Riesenhüte thronen – und lese ein Fax: «Ich bin leider verhindert, es ist etwas Ernstes dazwischengekommen. Bis bald.» Weiß nicht, ob mich der kryptische Inhalt, das «Bis bald» – das man vielleicht zu seinem Friseur sagt – oder die Situation mehr ärgert, so «sitzengelassen zu werden». Ich hatte eine Besichtigung der UFA-Ateliers arrangiert, einen Tisch in einem herrlich am Wasser gelegenen Restaurant reserviert (noch immer grotesk – es war ein DDR-Kulturbund-Club und ist jetzt fein-teuer-italienisch) und in Berlin für einen Abend Theaterkarten bestellt. «Etwas Ernstes.» Aber was? Bei ihm zu Hause bleibt das Telefon stumm, in der Praxis, klar, ich bin ja nicht mehr Patientin, gibt man mir keine Auskunft. Bin ich Buridans Eselin? Bin ich die betrogene Betrügerin, älteste Operettencharge der Welt? Verlasse das riesige Hotelzimmer nicht – Roomservice, Tatar –, in Wahrheit, damit ich erreichbar bin. Das Telefon schweigt. Krieche in das scheußlich mächtige Stalin-Bett wie in einen Sarg.

Erst nach drei qualvoll zerwarteten Tagen ein Anruf, mir schien im Ton distanziert oder müde oder todtraurig. Es sei ihm gesundheitlich nicht gutgegangen, zwei Tage Klinik, Spritzen, an sich nicht der Rede wert, wohl Überanstrengung, Ärger in der Praxis, die Belastung durch den Tod der Mutter im vergangenen Jahr. Es klang alles so plausibel und unaufrichtig wie ein «Tatort»-Dialog. Er habe Sehnsucht, er freue sich aufs nächste Wiedersehen. «Und du?» Brachte nicht mehr als ein «Ich auch» zustande. Und beulte mir beim Ausparken vor dem Hotel den Kotflügel ein.

15.9.

Nach dem grauslichen Nicht-Potsdam fast jeden Tag sehnsüchtige, ja zuweilen gar «unanständige» Telefonate, voller Begehren und Beschwörungen, «Laß mich nicht alleine». So verabredeten wir uns «doppelt» – vor zwölf Tagen in Bendestorf bei Hamburg, wo die Produktionsfirma in benachbart gelegenen alten Ateliers Stellproben angesetzt – die ja doch nie zu etwas führen – und das Team in einem schönen, alten Landgasthaus untergebracht hatte. Georg wollte für einen Abend (eine Nacht) mit dem Wagen kommen, auch «um über alles zu reden». Ich hatte im Hotelzimmer ein großes Plakat vom Karneval in Venedig, das ihm damals sehr gefallen hatte, an den Spiegel geklebt – mein Erinnerungssignal. Er kam eine Stunde zu spät, eine erlogen klingende Geschichte von Auto und Panne und jungem türkischen Mechaniker, wir gingen in den Dorfkrug, er aß nichts, trank Kaffee und rauchte – und schwieg. Als ich ihm im Zimmer die Krawatte lösen wollte, sagte er, «Laß mal, ich muß gleich nach Berlin zurück, habe morgen früh einen Anwaltstermin, ich verkaufe die Praxis».

Ich brachte kein einziges Wort heraus. Das nach Potsdam! Wieder der Gedanke: eine andere Frau? Zu platt. Eifersucht (zu der er ja Grund hätte)? Aber er hatte doch schon am zweiten Tag in Venedig erklärt, «Eifersucht ist was für dumme Menschen; übrigens ist mir Oliver sehr sympathisch». Aber was *war* denn? Und warum die Praxis verkaufen? Davon hatte er nie auch nur eine Silbe erwähnt. In der Tür: «Laß mich nicht so wegfahren, mit so einem Abschiedsblick.» Das war's.

Das war's, dachte ich auch: von mir hört der Mann nie mehr ein Wort. Es ist also alles bloß eine Affäre gewesen? Am nächsten Tag Blumen im Hotel – und wieder ein Fax (gräßliche Erfindung, praktisch und indiskret), zwei Seiten lang, aber unverständlich: «Ich wäre gerne bei dir – doch du verstehst bisweilen nicht, was so einfach zu verstehen», unterschrieben mit dem rätselhaften Satz «Ich grüße unsere Nähe, die unerfüllbar bleibt». Also doch Oliver?

Nun gab es aber diese «doppelte» Verabredung, nämlich sechs Tage später für eine knappe Woche in Sardinien, dort hatte mir meine Freundin Gisela ihre kleine Wohnung in Porto Ronco angeboten, und Oliver akzeptierte, freundlich und verständnisvoll wie immer, sofort, daß ich nach dem anstrengenden Jahr vor Winterbeginn noch einmal in die Sonne wollte. Wieder Telefonate, wieder «Glaub mir, es hat nichts mit uns zu tun, wenn du wüßtest, wie ich mich auf die Tage mit dir freue. Ich komme zwei Tage nach dir an und bringe Champagner aus dem Duty-Free-Shop mit – wir wollen uns feiern.»

Der Abschiedsabend mit Oliver fiel mir schwer. Meine Rolle, ein Zwitter aus Ehefrau und Kurtisane, kam mir so kläglich vor, mein Verhalten so mies – und dennoch war er mir so nahe, gab er mir soviel Vertrauen (auch zu mir selber), es hatte wieder das Inzestuös-Brüderliche, es war nicht fremd-filigran. Unsere Nacht war eine Kampf-Umklammerung.

In Porto Ronco den ersten Tag nur Sonne, ich wollte «schön» sein, frische Farbe, ausgeruht, «jung», wollte den Satz am Flugplatz hören, «Gut siehst du aus». Den zweiten Tag richtete ich die Wohnung her, Obst, Blumen, Oliven und Ziegenkäse für den Duty-Free-Champagner, noch einmal ein Venedig-Signal: ein buschiger Strauß weißer Freilandrosen im Bad. Abends kam das Fax: «Ich komme nicht. Es macht keinen Sinn mehr.»

Ich nahm am nächsten Tag die erstbeste Maschine nach Deutschland, Oliver erzählte ich etwas von

Schmerzen, Nachbehandlung nach der Augensache neulich, geplatztem Äderchen, Klinik. Mein apathisches Abgeschlafftsein, meine Heulerei, mein Nicht-Zuhören, wenn er mich aufheitern wollte mit komischen Geschichten, schrieb er der Augenerkrankung zu. «Na, *so* schlimm wird's nicht gleich werden», sagte er und legte mir – «Ist das nicht grotesk?» – die Todesanzeige aus einer Zeitung neben das Weinglas. «Gott der Herr nahm heute Siegfried Graf v. der Recke v. Volmerstein, Oberlandforstmeister a. D. in Seinen Frieden.» Ich fand nichts komisch daran. Aber es gab auch überhaupt nichts, das ich hätte komisch finden können.

Nach Berlin. Georg hatte mir nach dem gräßlichen Clockwork-Orange-Abend die Wohnungsschlüssel gegeben, «für alle Fälle». Vor der Niamwesi-Skulptur, sie sah jetzt böse und scharf aus, ein Totenwächter, lag ein Brief: «Ich bin zu früh betreten worden – oder zu spät. Du warst ein Wunder, ich kann es nicht halten, nicht leben. Der Wahn ist ausgeschlürft, das Boot ist leck, gesunken.»

Nicht einmal eine Unterschrift. Ich weinte nicht. Die Augen waren voller Sand. Die Zunge ein geschwollener Lappen Löschpapier. Ein kalter Stein saß in der erstorbenen Wohnung, augenlos starrten die Bücher mich an, die Akkuratesse der Möbel hatte das Eckig-Schwarze eines Sargs. Mein Hirn stand still – ich begriff nicht: ist er tot, «nur» abgehauen? Kann denn ein Mensch einfach verschwinden? Doch der alte Fluchttraum, hin zum Land der Väter, nach Israel? War es auch jenes Gran Delikatesse, jenes Quentchen fast ironischer Vornehmheit des Verschwindens, die nur einem Volk eigen sein kann, das seit fast zwei Jahrtausenden in der Verfolgung stirbt? Wie ein zerfetztes Zitat torkelte eine Saul-Steinberg-Zeichnung durch meinen Kopf, ich hatte die mal sehr gemocht – da streicht ein Mann sich einfach selber durch. Eine Auslöschung.

Da war das Wort wieder, «keinen Sinn mehr». Da waren die Todesschatten in seinen Augen, die ich «interessant» gefunden hatte. Da war dieser unheimliche Satz beim Vorübergleiten an der Friedhofsinsel vor Venedig auf dem Wege nach Torcello. Da waren die Halbsätze vom «Entwurf zum Glück» und «Georgs letzte Liebe», die ich für charmant gehalten hatte. Da gab es diesen Ausspruch, den ich bei einem mehr als 60jährigen undelikat gefunden hatte, «Ich hätte mich gerne verlängert». Liebe? Und wenn es nun sein Kind gewesen wäre? Es ist tiefer als Scham, was in mir frißt. Ich glaich dich, Georg.

OLIVERS TAGEBUCH

18.9.

Aus. Zuende. Mein Leben – unser Leben – ist kaputt, ein zersprungener Krug, aus dem das Wasser geronnen ist. Versickertes Rinnsal. Myriam ist nicht Myriam, und wer ich bin, weiß ich nicht. Ich habe heute abend ein Tagebuch gefunden, das sie die letzten Monate führte: eine Fremde, nein, eine andere, ein Mensch, den ich gar nicht kenne, die Frau, mit der ich seit acht Jahren lebte; sie denkt anders, fühlt anders, es ist, als müsse man einen Text von rechts nach links lesen.

Noch am Morgen, als sie Hals über Kopf fort mußte, begriff ich nicht ganz, warum. Dann rief sie abends an, aus einem obskuren Hotel, sie habe ihre Kreditkarten vergessen, ich möchte nach der American-Express-Karte in ihrem Schreibtisch suchen und ihr die Nummer durchsagen. Und da sah ich diese schönen, mit marmoriertem Papier bezogenen italienischen Papphefte in Blau, Grün oder Orangebraun. Ihre Tagebücher, ich hatte ja keine Ahnung, daß Myriam überhaupt Tagebuch führt. Es ist so schlimm, daß ich dies hier tippen muß, die Schrift rutscht mir weg.

Nicht so sehr der Betrug. Der auch. Ich hatte eben doch gedacht, so was heimlich Verducktes gibt es bei uns nicht. Ich hatte gedacht, wir seien einander voll. Muß sogar gestehen, daß ich eine Art Erregung spüre, wenn ich sie mir mit diesem Arzt vorstelle, dessen Hand ich im Kino hielt und dessen Schwanz mir vor unserer Badezimmertür gefallen hatte. Da war ein leises elektrisches Knistern in mir – in mir, der sich über

Sex zwischen Männern immer lustig gemacht hatte. Der Betrug findet im Kopf statt, nicht im Bett. Und das Kind! Ausgerechnet in diesem Frühjahr – war es bei diesem Heideausflug gewesen? – hatte ich mehrere Male zu Myriam gesagt, «Ich wünsch mir ein Kind von dir». Und sie läßt es abtreiben! Aber es war ja gar nicht von mir. Oder doch? Ich glaube, ich verliere den Verstand. Sie hätte ein Kind von uns beiden bekommen? Da hätte ich ja gleich meinen Samen mit seinem mischen können; wessen Kind wäre es nun gewesen? Vielleicht Zwillinge? Dieser Tage ging eine Skandalnachricht durch die Presse: eine Holländerin hatte nach künstlicher Befruchtung mit dem Samen ihres Mannes Zwillinge geboren – aber ein Kind war schwarz. Es war durch ein «technisches Versehen» in der Kanüle der mikroskopisch kleine Samenrest eines Schwarzen mit eingespritzt worden. Eine Triole ohne Dritten. Hier aber gab es den Dritten. Der und Myriam liebten sich einige Minuten später, nachdem ich aus Amrum angerufen hatte, in Venedig, in ich weiß nicht wo, während ich in der Lebensmittelabteilung von Karstadt anstand, um das Abendessen des nächsten Tages für uns zu besorgen, des nächsten Tages, an dem sie mit mir schlief?

Aber Wasser rinnt immer dahin, wo es am tiefsten ist – auch das Wasser aus den Scherben unseres Lebenskrugs. Seit Stunden lese ich «mich», Sätze, Empfindungen, Äußerungen, Gesprächsfetzen, alle wie in Spiegelschrift notiert: alles verkehrt herum, wie ich es gemeint, gesagt, empfunden habe. Oder alles richtig herum? Dann ist bei mir alles falsch, schief, verdreht gewesen. Habe ich ein Phantom geliebt, jemanden,

den es gar nicht gab? Aber es *gibt* Myriam ja. Und es *gibt* mich – aber *gibt* es den, von dem ich da lese? Den Mann kenne ich gar nicht. Und die Frau, die das aufschrieb, auch nicht. Da lebt man acht Jahre mit einer Frau und hat keine, auch nicht die geringste Ahnung, wer sie ist. War ich zärtlich, war sie gelangweilt, war ich ernst, war sie amüsiert, brachte ich ihr eine Blume, mußte sie ihr welk erschienen sein gegenüber denen, die sie ihm arrangiert hatte.

Nicht einmal verstehen kann ich; vergeben kann ich gewiß nicht. Heute nacht packe ich mein bißchen Kram hier. Ich lege ihr Tagebuch auf den Schreibtisch und lege einen Zettel darauf «Es hat keinen Sinn mehr».

Der Passage auf den Seiten 48 bis 51 liegt ein Interview mit dem deutschspanischen Schriftsteller José F. A. Oliver in DIE ZEIT, Nr. 26, vom 24. Juni 1994 zugrunde.

Der Text auf Seite 148 bis 150 ist die gekürzte Fassung des Vortrags, den Dr. Ruth Gross bei der Einweihung der «Spiegelwand» in Berlin-Steglitz, 1995, hielt.

Das Zitat auf Seite 103f. ist entnommen: Kurt Drawert, «Haus ohne Menschen», edition suhrkamp 1831.

Eine Auswahl der lieferbaren Titel von Fritz J. Raddatz

DER WOLKENTRINKER
Roman
rororo 13054

«Die Prosa verrät die Handschrift des versierten Literaturkenners und ästhetisch durchgebildeten Stilisten. Emphase und Ekstase von Empfindungen, Naturbildern, Milieuschilderungen werden durch wohlberechneten, kühl und professionell entwickelten Stil dargestellt.»
Badische Neueste Nachrichten

«Ein Roman von betörender Aufrichtigkeit, leidenschaftlich und rasant.» *La Liberté*

KUHAUGE
Erzählung
rororo 12550

«Eines jener Bücher, in dem kein Wort zuviel und kein Wort zuwenig ist; Literatur, die einem den Atem raubt.»
Libération

«Von einem Kritiker als Romancier hätte man das Schlimmste erwarten können – was aber vorliegt, ist das Allerbeste, ein kleines Meisterwerk.» *L'Express*

Eine Auswahl der lieferbaren Sachbücher
von Fritz J. Raddatz

ZUR DEUTSCHEN LITERATUR DER ZEIT
in drei Bänden:

TRADITIONEN UND TENDENZEN
Materialien zur Literatur der DDR
(rororo sachbuch 8447)

«Die wohl brauchbarste Einführung in die DDR-Literatur, kenntnisreich und kritisch, selektiv, verläßlich und klug.» *Martin Gregor-Dellin, Die Zeit*

DIE NACHGEBORENEN
Leseerfahrungen mit zeitgenössischer Literatur
(rororo sachbuch 8448)

«Das Buch eines Schriftstellers über Schriftsteller.»
Peter Wapnewski, Sender Freies Berlin

EINE DRITTE DEUTSCHE LITERATUR
Stichworte zu Texten der Gegenwart
(rororo sachbuch 8449)

Ein Zeitgenosse analysiert die Literatur
seiner Zeitgenossen.

ZEIT-DIALOGE
rororo sachbuch 60100

Dieser Band dokumentiert 14 Dialoge mit internationalen Intellektuellen – darunter drei Nobelpreisträger –, die der Autor im Laufe der letzten zehn Jahre für die ZEIT geführt hat.